FOLIO POLICIER

Frédéric Paulin

Les cancrelats à coups de machette

Gallimard

Frédéric Paulin vit à Rennes et écrit des romans noirs qui utilisent l'Histoire comme matière première. *La guerre est une ruse* a été récompensé par le prix Étoile du polar 2018 du journal *Le Parisien*, le prix des Lecteurs Quais du polar - *20 Minutes* 2019, le Grand Prix du roman noir français 2019 du Festival du film policier de Beaune, le prix du Noir historique 2019 des Rendez-vous de l'histoire de Blois et le prix Marguerite Puhl-Demange 2019. En 2019, *Prémices de la chute* a reçu le prix Moussa Konaté du roman policier francophone du festival Vins noirs de Limoges. *La fabrique de la terreur*, lauréat du Trophée 813 en 2021, clôt ce cycle consacré au terrorisme. Pour ce triptyque, Frédéric Paulin a reçu le Grand Prix de littérature policière 2020. Il est également l'auteur de *La nuit tombée sur nos âmes*, prix Mystère de la critique 2022

À Hélène (1976-2016),
Et à Anouck, Oscar et Lars.

De quel génocide parlez-vous, monsieur ? De celui des Hutus contre les Tutsis ou de celui des Tutsis contre les Hutus ?

FRANÇOIS MITTERRAND,
en réponse à la question d'un journaliste.
18e congrès franco-africain,
Biarritz, le 7 novembre 1994

Il aura fallu vingt ans pour que la justice française s'intéresse aux événements du Rwanda mais ça n'est pas une première en France. Il aura fallu énormément de temps aussi pour que la justice se penche sur l'affaire Papon par exemple. Nous constatons une certaine constance en France dans la relation avec ce type de dossier.

PATRICK DE SAINT-EXUPÉRY,
ARTE Journal, *le 5 février 2014*

J'ai déjà dit à plusieurs reprises que l'idée que la France ait pu participer, organiser ou avoir une responsabilité, quelle qu'elle soit, dans le génocide était une falsification historique.

ALAIN JUPPÉ, *à propos de la déclassification des archives de l'Élysée sur le Rwanda pour la période de 1990 à 1995, le 10 avril 2015*

PREMIÈRE PARTIE

> De ce que nous avons pu connaître dans l'abjection, il ne sera jamais parlé. Tels que nous sommes, aussi misérables et effrayants, nous portons cependant un triomphe, bien au-delà de nous-mêmes, pour toute la collectivité des hommes. Jamais nous n'avons renoncé à lutter, jamais nous n'avons renié. Jamais nous n'avons blasphémé contre la vie. Nous n'avons jamais cru au désastre final de l'humanité.
>
> DAVID ROUSSET, *Les jours de notre mort*

Pitié ! Non ! Pitié… Je vous en supplie, pas ça, pas ça…

Il hurle comme jamais il n'a hurlé.

Mais il hurle dans sa tête.

Un son sort de sa gorge, un gargouillis, un ronflement bestial, rien d'audible. La drogue qu'on lui a administrée l'empêche de parler. Elle l'empêche même de faire un geste. Il est plongé dans un état qui ne doit pas être loin du locked-in syndrome. Il se souvient d'avoir vu un film au cinéma qui en parlait. C'était il y a dix ans lorsqu'il est arrivé en France.

Entre les deux projecteurs qui l'aveuglent, la silhouette devant lui tient un instrument qui fait un bruit terrible. Il reconnaît cet instrument pour l'avoir déjà vu sur les chantiers où il travaille en intérim, de temps en temps. Une meuleuse à disque circulaire. Un gros modèle utilisé pour la découpe de ciment.

Il essaye de bouger encore mais il est complètement verrouillé dans son corps. Il ne sent même plus la douleur des liens trop serrés qui lui tailladaient les poignets et les chevilles quelques minutes auparavant. Il a l'impression d'être allongé sur un lit de coton mais la terreur lui vrille les entrailles. Il n'a jamais eu aussi peur. Une question étrange lui traverse l'esprit : est-ce que les cancrelats avaient aussi peur lorsqu'ils recevaient des coups de machette ?

— Ibuka ! hurle la silhouette en posant la lame qui tourne sur elle-même à la jointure de son pied droit et de son tibia.

Le sang gicle et des morceaux d'os et de tendons volent.

Mais il ne sent rien : la drogue est incroyablement puissante. Il assiste hébété au découpage de son corps.

— Ibuka ! hurle encore le bourreau en éloignant du bout de sa chaussure le pied coupé.

Alors, puisque la silhouette parle en kinyarwanda, il se souvient.

Il se souvient de la pluie. De cette pluie qui se mélangeait au sang des Tutsis dans les ornières boueuses des rues de son quartier de Gikondo, à Kigali. Il se souvient de ce sang qui allait bientôt se mélanger au sang de 800 000 *iyenzis* dans tout le pays. À l'époque, il espérait passer inspecteur principal et vivre heureux, mourir vieux aussi. C'était il y a vingt-deux ans.

La lame pénètre sa chair un peu au-dessus du genou.

~

Le champ doit faire un peu plus d'un hectare. On y a peut-être cultivé du blé ou du colza. Mais depuis une décennie, seules des herbes sauvages, des ronces et des orties y poussent. Les ronces ont tellement envahi le terrain que même les gamins des environs n'y joueront plus. En fait, la terre a été rendue à la terre. C'est peut-être une bonne chose.

Sauf que la nuit précédente, quelqu'un a semé des cadavres, songe le lieutenant Frédéric Guiton. Des morceaux de cadavres, plus exactement.

Vers sept heures du matin, un coup de fil a dérangé le gendarme d'astreinte à la gendarmerie de Sens-de-Bretagne. À l'autre bout du téléphone, un chasseur complètement paniqué a dit quelque chose comme :

— Il y a des Noirs découpés à la Belle-Étoile. Faut prévenir le lieutenant.

Le gendarme a prévenu son chef.

Une demi-heure plus tard, Guiton et deux de ses hommes, Bégaudau et Daniel, ont garé le Peugeot Partner de la brigade sur le bas-côté de la D20 qui relie Sens-de-Bretagne à Feins, peu après le lieu-dit la Belle-Étoile. Ils ont traversé un champ pour atteindre le terrain en jachère.

Il fait froid pour un matin d'avril, la végétation est détrempée de la pluie de la nuit et un brouillard stagne à hauteur d'homme.

Le chasseur, fusil cassé sous le bras, caresse son chien en leur faisant signe de la main :

— C'est pas banal, ça, hein, lieutenant !

Les gendarmes s'avancent entre les ronces. Ils enfilent leurs gants pour écarter les branches qui s'accrochent aux pantalons, transpercent la toile et tirent des grimaces d'agacement aux trois hommes.

— Putain, lâche le gendarme Bégaudau. Ça pique…

On a l'impression que les ronces se défendent, refusent l'entrée des lieux.

Et puis, le lieutenant s'arrête : à ses pieds, il y a un bras.

Il s'accroupit délicatement en écartant une branche hérissée de pointes.

— Lieutenant, appelle Daniel. Une tête, ici. Un Noir.

— Une autre tête, fait alors Bégaudau d'une voix écœurée. Un Noir aussi.

— Qu'est-ce que je vous avais dit ! crie le chasseur : y a que des Noirs.

Le lieutenant Guiton est dans la gendarmerie depuis vingt ans. Il y a une dizaine d'années, il a dû intervenir sur un crime familial : un pauvre type au bout du rouleau avait tiré au fusil sur sa femme et ses deux gosses avant de retourner l'arme contre lui. Ça avait été la pire affaire de sa carrière. Il y avait eu quelques accidents de la route bien dégueulasses et un gosse qui s'était noyé dans l'étang de Boulet. Mais globalement, dans la région, les décès n'étaient pas souvent violents. Jusqu'à ce matin d'avril.

C'est d'autant plus dingue que dans quelques semaines, la gendarmerie de Sens-de-Bretagne fermera ses portes. On n'a pas donné la raison au lieutenant Guiton. Il s'imagine que c'est une question d'économie, quelque chose comme ça. Depuis les attentats de *Charlie Hebdo*, de Porte-de-Vincennes et puis du Bataclan, le redéploiement des forces de l'ordre dépasse un peu son entendement. D'ailleurs, comment aurait-il pu s'opposer à la disparition de *sa* gendarmerie ?

Là, il sent une envie de vomir lui étreindre l'estomac.

Il se relève et voit une dizaine de morceaux de corps humains. La nuit précédente, quelqu'un a semé des morceaux de cadavres, pense-t-il donc.

Deux hommes, noirs, ont été démembrés. Les bras, les mains, les pieds, les jambes, les troncs et les têtes ont été éparpillés parmi les ronces et les orties. L'un des troncs porte un col de prêtre. Un putain de dingue se balade sur mon secteur, se dit l'officier en retirant l'un de ses gants.

Il sort son téléphone portable.

— Vous ne touchez à rien, les gars, ordonne-t-il le téléphone à l'oreille. Les collègues de la scientifique vont avoir du boulot.

~

Vers midi, un véhicule de l'Institut de recherche criminelle de la gendarmerie nationale est arrivé à Sens-de-Bretagne.

À la Belle-Étoile, quatre gendarmes ont commencé leur boulot : relevé d'indices, prises de photos et des choses que les hommes du lieutenant Guiton ne comprennent pas. Mais ce qu'ils savent c'est que la pluie qui tombe depuis la fin de la matinée doit avoir effacé les traces de celui ou de ceux qui ont disposé les corps. Les grimaces des fonctionnaires de l'IRCGN n'augurent rien de bon.

Les gendarmes de Sens-de-Bretagne ont interrogé les habitants de la vingtaine de maisons de la Belle-Étoile. Personne n'a rien vu, ni rien entendu.

— Y a des manouches qui se sont installés à Combourg, a lâché un propriétaire au lieutenant Guiton.

L'officier n'a pas relevé. Il sait qu'aux dernières élections les candidats du Front national ont fait un bon score. Dans certains villages du coin, ils étaient en seconde position au premier tour. Il faut bien que des électeurs aient voté pour eux.

— Moi je dis que c'est les loups, a aussi déclaré un vieux.

Mais sa fille lui a dit « ferme ta gueule » et elle l'a repoussé à l'intérieur de la ferme.

Les gendarmes ont souri aimablement. Ils ont entendu parler de cette histoire : une meute d'une demi-douzaine de loups aurait été aperçue entre Sens-de-Bretagne et Dingé. Mais l'enquête de voisinage n'a rien donné. Une histoire de poivrot.

— Les corps seraient tombés du ciel que ça ne serait pas autrement, a même dit, sceptique, le gendarme Bégaudau.

— C'est une possibilité à envisager, a répondu un des types de l'IRCGN.

Guiton sait que les suppositions de ses hommes indiffèrent complètement les gendarmes vêtus de combinaisons blanches. Il se retient de sourire lorsque les scientifiques se piquent aux ronces et lâchent de petits cris.

Quelques habitants regardent les opérations. Ils ont les visages des gens dubitatifs qui ne réalisent pas que même à la campagne ce genre de saloperie peut arriver.

Dans l'après-midi, alors que les journalistes et les correspondants locaux des médias parisiens commencent à envahir Sens-de-Bretagne, Guiton reçoit un coup de fil de la direction générale de la Gendarmerie nationale. On ne lui explique pas grand-chose, il comprend tout de même que quatre ou cinq autres cadavres de « Noirs » ont été retrouvés ailleurs, en Gironde et dans le sud de la banlieue parisienne, il y a quelque temps. Il croit se souvenir d'avoir vu passer l'info dans les journaux. Même modus operandi, des corps dépecés et disséminés. Le gendarme en éprouve un léger soulagement : ce n'est pas un type du coin qui a fait le coup. On lui dit aussi que quelqu'un va venir, un colonel du BLAT qui a en charge l'affaire au niveau national.

— Qu'est-ce que la lutte antiterroriste a affaire dans cette histoire ? s'enquiert-il, un peu rapidement.

On lui répond que ce n'est pas l'antiterrorisme qui est à la manœuvre, que d'ailleurs le colonel ne sera pas seul.

— Alors pourquoi envoyer quelqu'un du BLAT ?

On lui répète que l'antiterrorisme n'est pas à la manœuvre.

Fin de l'appel.

Guiton a un petit rire cynique, les confidences ne sont pas dans les habitudes de ses supérieurs. Et puis, toujours cette impression qu'on se fiche complètement des hommes sur le terrain, des gendarmes de base.

~

Tue-mouche ! Ce n'est pas possible d'avoir un nom comme ça.

Sauf que lui-même s'appelle Dante. « Vous qui entrez ici, abandonnez toute espérance », combien de fois un petit malin lui a balancé cette citation en apprenant son nom ? Ça a dû commencer au collège, un prof ou un pion. Encore aujourd'hui, il a bien cru que ce type, ce Tue-mouche, allait la lui sortir lorsqu'il s'est présenté. Il a seulement eu un regard mystérieux.

Ce type, c'est Anton Tue-mouche, ex-officier au 68e régiment d'artillerie d'Afrique. Dante a étudié ses états de service : son boulot lorsqu'il était dans l'armée, c'était le FAC, le *forward air controller*. Autrement dit, il devait se trouver au plus près de la cible pour donner le maximum de précisions aux types de l'artillerie qui arrosaient une zone de combat. Un truc de tête brûlée. Cambodge au début des années quatre-vingt-dix, Rwanda en 1994 – mais Dante ne se souvenait pas de l'y avoir croisé – puis Yougoslavie jusqu'en 2000. Il y a un trou dans son CV jusqu'à sa démission en 2006 mais encore une fois, personne n'a rien voulu lui dire lorsqu'il a cherché des précisions. Quelques témoignages font pourtant état de sa présence à partir de 2003 en Afghanistan, dans la région de Spin Boldak ou de Jalalabad. Rien d'officiel en tout cas.

Anton Tue-mouche est assis à côté de lui dans la C8. Il a peut-être un peu moins de cinquante ans. Ses cheveux sont entièrement gris, presque blancs. Dante se souvient d'avoir vu des victimes de bombardement aux cheveux devenus gris en une seule nuit. La terreur. La terreur à un niveau intolérable. Il a du mal à croire, pourtant, que Tue-mouche a un jour eu peur.

Ce qui pose problème à Dante, c'est de comprendre pourquoi on lui a collé cet ancien soldat dans les pattes. L'affaire sur laquelle il travaille depuis six mois est déjà assez compliquée pour qu'il n'ait pas à se colleter avec une espèce de chien de guerre à la retraite. Pourtant il ne parierait pas qu'il soit à la retraite : quelque chose lui dit qu'il est encore en activité, d'une certaine manière, peut-être au-delà de la légalité.

Mais là encore, on ne lui a pas laissé le choix. Ses chefs lui ont dit « sans lui, vous allez encore patauger longtemps ».

Il roule rapidement en direction de la Bretagne

et tente d'endiguer l'envie d'une cigarette qui commence à lui chatouiller le ventre.

— On vous a mis au courant de l'enquête que je mène ?

Le passager fixe la route qui défile devant lui. Il plonge la main dans la poche intérieure de sa veste et en sort une cigarette dans un geste de close-up.

— Si vous pouviez éviter, dit Dante avec un sourire feint. J'ai arrêté il y a deux ans mais c'est toujours très dur…

Il a essayé de mettre le plus de sympathie dans sa voix. Pas suffisant.

— Je ne vous en propose pas, alors, répond l'autre en faisant claquer le capuchon d'un Zippo.

Dante prend sur lui. C'est dans la tête, cette putain de dépendance, tente-t-il de se convaincre comme il tente de se convaincre depuis plusieurs mois. Ça lui rappelle le manque qu'il a ressenti lorsqu'il s'est séparé de Jeanne, il y a dix ans maintenant. Et encore, ils ne faisaient plus l'amour depuis trois ou quatre ans. Ce qui lui manquait vraiment, c'était la présence de Louise et Zoé lorsqu'il rentrait d'opérations extérieures. Les gamines l'empêchaient de penser à ce qu'il avait vu, à ce qu'il avait fait lors de ces missions en Afrique ou au Moyen-Orient. Elles faisaient du bruit, ça couvrait celui qui bourdonnait dans sa tête. Ce bruit douloureux des regrets et, sans doute, de la culpabilité, qu'il avait ramené du Rwanda, ou de Yougoslavie. Des acouphènes, rien de grave, un peu de stress, lui avaient dit les toubibs.

Désormais, il ne part plus guère à l'étranger. Et

surtout plus sur des zones de conflit. Mais parfois le bruit dans sa tête se réveille, un bruit pareil à un léger sifflement grave, et il aimerait que ses filles soient là pour l'empêcher de trop réfléchir. La clope, c'est un peu pareil, ça l'empêchait de réfléchir. Alors, oui, c'est sans doute dans la tête cette dépendance.

Désormais, il ne fume plus et il ne voit Louise et Zoé que quelques jours chaque année – il n'est même pas certain que ses petits-enfants savent vraiment qu'il est leur grand-père. Il a cinquante-trois ans, deux filles et trois petits-enfants qu'il ne voit presque pas, n'arrive pas à oublier la cigarette, et il est censé coincer un dingue, ou plusieurs, qui découpent des gens puis disposent leurs membres sur des terrains vagues. Voilà comment se voit le colonel Jean Dante en roulant en direction de la Bretagne. Il retient un rire ironique.

Une main noire, fine et nervurée de veines, tape sur l'épaule du passager. Un doigt montre la cigarette. Tue-mouche a un léger sourire et fait apparaître une cigarette de l'intérieur de sa veste puis la tend par-dessus son épaule.

Dans le rétroviseur intérieur, Dante voit la femme sur la banquette arrière glisser le tube blanc entre ses lèvres. Tue-mouche fait claquer son Zippo et l'avance entre les sièges. Dafroza Rwigyema se penche et allume sa cigarette à la flamme tremblante.

Elle aussi, Dante aimerait savoir ce qu'elle a dans la tête. Mais si Tue-mouche n'est pas très loquace, Dafroza Rwigyema, elle, n'a pas dit un mot depuis le début du voyage. Dante se souvient qu'elle n'a pas parlé durant leur voyage vers le sud après la découverte de la deuxième scène de crime. Cette fois, peut-être a-t-elle eu des regards de sympathie pour Tue-mouche – quelques instants, Dante a cru reconnaître cette lueur particulière que prend l'œil lorsqu'il retrouve un être cher qui revient d'un long voyage. Mais la jeune femme et le grand type n'ont pas échangé un mot. Lui n'a pas eu droit à un seul regard sympathique. Dafroza Rwigyema semble seulement plus détendue.

Elle doit avoir quarante ans. Dante sait qu'elle est rwandaise. C'est une Tutsie. Il a un peu de mal à l'avouer mais il a immédiatement pensé « elle est belle comme une Tutsie ». Grande, le nez long, les traits fins, la peau un peu plus claire que ses compatriotes et des yeux méfiants. Il ressent une honte à répéter ce qu'affirmaient les colonisateurs blancs avant l'indépendance du Rwanda. Ce que, finalement, les Hutus reprochèrent aux Tutsies en 1994 : la Tutsie n'est qu'une femme fatale qui espionne et sabote la nation hutue. Sur l'aéroport de Kigali, le jeune capitaine Dante avait entendu la Radio Télévision Libre des Mille Collines répéter en boucle les dix commandements des Bahutus. L'un d'eux visait directement les femmes tutsies.

Les femmes tutsies ont payé le prix lourd du génocide. C'est elles sur qui les hommes se sont le plus acharnés, viols, tortures et meurtres, parce qu'elles portaient en elle la possibilité d'enfanter la vengeance.

Dante a vu des femmes atrocement mutilées sur

le bord des routes à Kigali et dans les environs. Il a honte, il s'en veut de répéter l'un des critères de la dichotomie raciale qui a présidé au génocide. Mais Dafroza Rwigyema est belle comme savent l'être les femmes tutsies.

Elle aussi, on la lui a collée dans les pattes. Dès la découverte de la seconde tuerie en Gironde.

Dans l'Essonne, au début de l'année, on a vite compris que les cadavres disséminés dans un terrain entre deux entrepôts en bordure de Longjumeau étaient ceux de Rwandais. Dans les herbes folles et les ordures, on a retrouvé une plaque en bois sur laquelle avait été gravé le terme «*Igitero*». Sans intérêt, ont affirmé les gendarmes du coin. Dante lui, un peu par hasard, est tombé sur un rapport remis à tous les services de gendarmerie dans l'espoir de faire remonter quelque piste. Une procédure habituelle dans les cas un peu désespérés. Lui, il a compris ce que signifie ce mot. *Igitero* désignait en kinyarwanda les groupes de tueurs hutus pendant le génocide. Ça l'a secoué un long moment et il a dû puiser en lui pour ne pas laisser émerger des souvenirs douloureux.

Il en a glissé deux mots à sa hiérarchie et le lendemain l'enquête lui a échu, d'une certaine manière. Il a été temporairement rattaché à l'Office central de lutte contre les crimes contre l'humanité, les génocides et les crimes de guerre, le bras armé du pôle «Génocide et crimes contre l'humanité» du TGI de Paris. C'est la juge Justine Hidalgo qui pilote toute l'affaire. En haut lieu, on a apparemment estimé qu'un ancien de l'opération Amaryllis qui a vécu le génocide à Kigali serait à même de mener une enquête impliquant des Rwandais ayant participé aux massacres. C'est la thèse officielle.

Quelques jours plus tard, on lui a fait parvenir une note : « Si l'armée française apparaît dans vos recherches, prévenir la DGGN ». Dante a souri : évidemment, le Rwanda et l'armée française, c'est un sujet très sensible. Récemment, la déclassification de documents concernant la période avril-novembre 1994 au Rwanda a bien failli raviver la polémique. Et puis non, la déclassification n'a même pas fait la une des journaux, ou si peu.

Rien.

Il n'a rien trouvé sur ces deux cadavres. Officiellement, ils étaient français. L'un chauffeur de taxi à Paris, l'autre prêtre à Melun. Mais rien qui les lie au génocide. Dante a senti que ces deux hommes avaient changé d'identité et que ce changement avait été particulièrement bien organisé. Aucun indice, aucune preuve n'a pu pourtant le mener jusqu'aux milices Interahamwes ou aux Hutus. Mais il l'a senti au fond de lui.

Depuis le début de son enquête, ses nuits sont agitées. Il transpire abondamment et, souvent, il rêve des collines au-dessus de Kigali. Les cris des suppliciés résonnent dans sa tête longtemps après son réveil en sursaut. Le bruit dans son crâne lui fait parfois mal.

Ses chefs ne semblent pas perturbés par l'absence d'avancées de ses investigations. Sans doute vaut-il mieux un silence gênant que des découvertes compromettantes.

Alors, lorsque deux mois plus tard deux autres Rwandais se sont fait éparpiller dans l'estuaire de la Garonne, Dafroza Rwigyema lui a été présentée dans les locaux du BLAT, à Issy-les-Moulineaux. Ce jour-là, on lui a dit quelque chose comme : « Avec elle, vous allez résoudre cette enquête rapidement. » Ça l'étonne, tant il avait accepté que son enquête piétine à jamais et que ses chefs s'en satisfassent.

Elle préside Contre l'oubli, une association dont le but est de poursuivre les responsables du génocide commis au Rwanda en 1994. Son histoire à elle est encore plus sordide que celle des autres Tutsis – si c'est possible. Dante sait qu'elle est restée captive d'une poignée de miliciens, qu'elle leur a servi de femme, à tous, pendant les cent jours du génocide. On dit – mais ça n'a jamais été prouvé – que ses geôliers se sont fait massacrer lorsqu'elle a été libérée. Personne ne sait si c'est elle ou quelqu'un d'autre qui a commis le massacre.

Après, la jeune femme a semble-t-il vécu avec un homme qu'on surnommait *le Monstre*. Rien que ça ! Peut-être était-ce son sauveur. Un Français ou un Belge recherché par la justice de plusieurs pays, Rwanda, Congo, Burundi, France et sans doute celle de la plupart des pays européens. On le soupçonne d'avoir vendu des armes à la plupart des guérillas et mouvements insurrectionnels de la région des Grands Lacs. Des rumeurs disaient qu'il faisait partie de l'armée française. Jamais on ne l'a arrêté. Plus tard, Dafroza Rwigyema a raconté que lorsque le Monstre a disparu, elle s'est retrouvée désemparée et elle a chuté : petits larcins, drogue, prostitution, une vie à la dérive dans un pays qui ne se remettait pas des tueries du génocide.

Au milieu des années 2000, elle a réapparu en France.

Son association a commencé à faire parler d'elle. Mais c'est surtout Dafroza que l'on voyait à la télé ou dans les journaux. C'est elle qui menait la chasse. Et elle savait chasser. Son regard méfiant n'était que détermination et vengeance. Elle a retrouvé une demi-douzaine de responsables hutus cachés en France sous de nouvelles identités. Elle a engagé des procédures judiciaires, les inculpés ont été traînés devant des juridictions françaises et jusqu'au TPI pour le Rwanda. En 2014, elle a réussi à faire condamner un capitaine de la garde présidentielle, reconverti dans les services de renseignement. C'était la première fois qu'une juridiction française reconnaissait un inculpé coupable de génocide et de complicité de crimes contre l'humanité. Six années de procédures, six semaines de procès et douze heures de délibéré. Dafroza Rwigyema était ressortie du procès en larmes. Les journaux télévisés avaient fait tourner en boucle les images d'une très belle femme qui était allée jusqu'au bout de ses convictions.

C'est elle qui a immédiatement mis des noms sur les deux cadavres du terrain vague de Longjumeau et qui a identifié les deux autres éparpillés dans les marais estuariens. Ferdinand Mugesera, le bourgmestre de Bisesero, une commune de la préfecture de Kibuye à l'est du Rwanda où furent massacrés

50 000 hommes, femmes et enfants. Et Casimir Nsegiyumya, colonel de la garde présidentielle, spécialiste de l'attaque à la grenade des églises dans lesquelles se terraient des Tutsis. Dafroza pense qu'il était présent lors de l'assassinat de la Première ministre rwandaise Agathe Uwilingiyimana. Et donc de la dizaine de casques bleus belges qui assurait sa protection. C'était le 7 avril 1994.

Elle a confirmé que le terme « *Igitero* » était du kinyarwanda et que pendant le génocide, il désignait les petites formations de tueurs hutus qui pourchassaient et tuaient les *iyenzis*.

Puis elle a accompagné le colonel Dante jusqu'en Gironde. Elle n'a pas dit un mot pendant tout le voyage. Cette propension à rester muette a quelque chose de fascinant pour Dante.

Elle est restée presque impassible lorsqu'elle s'est penchée sur les deux têtes sectionnées dans les ajoncs. Dante a tout de même vu son regard méfiant s'illuminer, l'espace d'une seconde, une lueur d'une étrange satisfaction. Il voit ça, Dante. C'est sa vraie qualité de flic : percevoir les microsecondes où la vérité apparaît crue, sans fard. Mais la jeune femme est restée muette.

Elle connaissait les deux victimes, des membres importants de l'Hutu Power. Marcel Bizamungu et Boniface Nzabimana. Tous les deux vivaient sous une fausse identité en France depuis la fin des années quatre-vingt-dix. Le premier était pédiatre dans une petite bourgade du Gers, le second vivait du RSA à Bordeaux.

C'est elle qui a retrouvé une autre plaque en bois sur laquelle avait aussi été gravé «*Igitero*».

Par la suite, elle a écrit quelques rapports sur les victimes et leur implication dans les événements qui se déroulèrent d'avril à juillet 1994 dans son pays. Elle les a transmis au colonel Dante qui les a validés et, lui-même, fait remonter à sa hiérarchie.

La veille au soir, on l'a averti que deux autres bonhommes s'étaient fait tronçonner en Ille-et-Vilaine. La direction générale a commencé à sérieusement s'agiter. On lui a ordonné de foncer sur place et de tirer cette affaire au clair. «D'une manière ou d'une autre», lui a-t-on signifié.

— Selon vous, Dafroza, quelqu'un est en train de se venger ?

Dans le rétroviseur intérieur, il croise le regard de la jeune femme. Elle fronce les sourcils, comme si elle ne comprenait pas la question.

Dante en a marre de ce silence. Il en a marre de jouer le jeu, de supporter cette présence et de faire comme si c'était normal de fermer sa gueule si longtemps. Il refuse d'être seulement un militaire français et par là d'être considéré comme complice des salopards qui ont fait connaître l'enfer aux Tutsis. Et qui lui ont fait subir plus que l'enfer, à elle. Lui, là-bas, il a essayé d'empêcher les salopards de faire des saloperies. Il a échoué mais il a essayé.

— Selon vous, un Tutsi serait-il en train de retrouver des Hutus pour leur couper les bras, les jambes et la tête ?

Le regard méfiant s'est adouci un instant puis s'est détourné vers l'extérieur de la voiture.

— C'est une hypothèse qu'on peut envisager, lâche Tue-mouche en ouvrant la vitre de sa portière pour lancer d'une chiquenaude son mégot sur l'autoroute.

Dante fixe la passagère dans le rétroviseur :

— C'est aussi votre hypothèse, Dafroza ?

— Je n'ai aucune hypothèse, colonel, répond celle-ci en fumant délicatement la fin de sa cigarette.

Le gendarme a un petit rire : prends-moi pour un con, ouais.

~

Il y a quelque chose qui lui rappelle le Rwanda dans ce coin de la Bretagne.

La pluie chaude qui tombe sans discontinuer et la végétation grasse comme dans certaines régions de son pays. La comparaison s'arrête là.

Dafroza Rwigyema jette un regard vers les gendarmes en faction sur la petite route qui borde le champ : ils discutent de façon débonnaire avec les habitants du coin. L'un d'eux dit quelque chose et une vieille femme éclate de rire. Les gendarmes, ici, n'ont pas l'air de fous ou de paranoïaques comme ceux du Rwanda. Ils ne sont sans doute pas des criminels. Les gens n'en ont pas peur. C'est l'une des choses qui l'ont rassurée lorsqu'elle s'est établie en France au tournant du XXIe siècle. Même si elle sait que ces gendarmes appartiennent à une armée qui a les mains salies du sang de ses compatriotes.

— C'est les loups ! hurle soudainement un vieil

homme, voûté, qui observe la scène de crime depuis la route.

Une femme, plus jeune, à ses côtés, le rabroue violemment d'un coup de poing sur l'épaule.

— Il y a des loups en Bretagne ? fait le colonel Dante au lieutenant Guiton.

Celui-ci a une petite grimace gênée.

— Non, pas de loup à ma connaissance. Mais certains de nos concitoyens ont le coude un peu leste.

— Il faut que les Parisiens nous envoient un Grand louvetier ! hurle à nouveau le vieillard.

Cette fois la femme lui bâillonne la bouche de sa main et l'entraîne avec elle. Les gens autour rigolent mais l'hypothèse ne leur semble peut-être pas si incongrue.

— En fait, des gens auraient aperçu une meute de loups, il y a quelques semaines, explique Guiton, toujours avec sa grimace gênée. C'étaient sans doute des chiens errants.

Dafroza Rwigyema écoute ces deux officiers, eux aussi de cette armée qui a les mains sales du sang de ses compatriotes.

Ses compatriotes… Dans le champ en friche devant elle, il y en a deux qui ont été méticuleusement découpés. De loin, elle en a reconnu un : sa tête décapitée lui a rappelé des heures noires, vingt ans plus tôt. Il lui a fallu un violent effort pour ne pas sourire devant ce visage aux traits figés mais qui témoignent encore de la souffrance ante mortem. Dafroza n'a pu s'empêcher de souhaiter que l'agonie ait duré de longues heures. Malgré tous ses efforts, elle n'a jamais pu chasser de son cœur, de son ventre, l'espoir que ses bourreaux aient un jour à répondre de leurs crimes dans la souffrance la plus ignoble. Peut-être que cet espoir la maintient encore en vie. Plus de vingt ans après.

Des gendarmes dont les uniformes portent la mention « Institut de recherche criminelle » lui font signe de passer.

— On a fini nos relevés, madame, dit l'un d'eux. Si vous pouvez néanmoins éviter de trop piétiner la scène.

Dafroza Rwigyema hoche la tête. Un petit sourire de politesse, aussi.

Elle s'avance parmi les ronces et les orties. Son pantalon de toile est trop fin, elle grimace sous la douleur des épines qui viennent de lui piquer le mollet droit. Une deuxième branche aux épines agressives se prend dans la toile de sa jambe gauche. Pendant quelques secondes, elle reste immobile. Une nervosité commence à l'envahir : devant elle, les buissons de ronces forment une barrière qu'elle ne pourra franchir. Et pourtant elle doit se rapprocher des corps, des têtes surtout. L'impression que les ronces la tirent vers le sol commence à s'immiscer en elle. Toujours cette croyance qu'un jour ou l'autre elle retournera sous terre, dans la vase, et n'en sortira jamais.

Une main puissante se pose sur son épaule.

Anton Tue-mouche lance deux coups de pied sur les branches qui la retiennent prisonnière. Il sourit d'un sourire froid.

— Je vais t'aider, murmure-t-il.

Le visage du géant est impassible, une cigarette coincée entre ses lèvres. Il la soulève comme si elle ne pesait pas plus qu'un souffle, quelques grammes. Elle est presque au-dessus de lui lorsqu'il traverse sans une grimace, sans un mot, le mur de ronces.

Le colonel Dante les observe. La jeune femme revêt cet air impassible et ce regard méfiant que l'on retrouve sur les photos qui, parfois, font la une des journaux. C'est sa marque, son signe distinctif, la preuve aussi de sa détermination.

L'humidité rend le sol spongieux, la végétation ruisselle et la jeune femme a froid jusqu'aux os. Elle enjambe un pied chaussé d'un mocassin de cuir et d'une chaussette blanche. Le tibia et le péroné ont été sciés net. Les gendarmes de la scientifique le préciseront mais il ne fait aucun doute que le modus operandi est le même que pour les cadavres retrouvés dans l'Essonne et sur l'embouchure de la Garonne : le ou les meurtriers se sont servis d'une meuleuse. D'abord les pieds, ensuite les avant-bras, le reste des jambes puis le reste des bras. Il se peut que les victimes aient été encore vivantes lorsqu'on a commencé à leur trancher la tête : de l'héroïne et du Butorphanol leur ont été injectés en intraveineuse. Un cocktail qui permet de rester conscient lors d'une amputation. Peut-être de plusieurs amputations.

Un peu plus loin, deux bras coupés ont été jetés dans les buissons. Un tronc se trouve presque au milieu du champ, encore vêtu d'un habit de prêtre. Le col romain est imbibé de sang.

La deuxième tête se trouve à quelques mètres.

Dafroza s'accroupit, elle sent derrière elle la présence rassurante de Tue-mouche.

Puis, elle cesse quelques secondes de respirer. Les traits du visage ensanglanté lui provoquent comme un choc en pleine poitrine. Un véritable coup de poing au plexus. Et là, elle ne peut s'empêcher d'éclater de rire. Cette fois, le rire nerveux, saccadé vient de très loin, au fond d'elle, de plus loin encore, d'il y a plus de vingt ans au Rwanda, il est irrépressible.

DEUXIÈME PARTIE

> Les monstres existent, mais ils sont trop peu nombreux pour être vraiment dangereux ; ceux qui sont plus dangereux, ce sont les hommes ordinaires, les fonctionnaires prêts à croire et à obéir sans discuter.
>
> PRIMO LEVI, *Si c'est un homme*

Dans les jumelles, l'avion est désormais parfaitement distinct dans le ciel bleu d'avril.

Déjà, il amorce sa descente sur Kigali.

À son bord, se trouvent le président Habyarimana et son homologue burundais. Ils reviennent de Tanzanie où le chef de l'État rwandais a promis de faire appliquer les accords d'Arusha signés l'année précédente. Appliquer les accords d'Arusha, ça veut dire s'opposer frontalement aux Hutus extrémistes, ceux qui, pourtant, l'ont porté au pouvoir. Les accords prévoient la formation d'un gouvernement d'unité avec les Tutsis du FPR, l'exclusion des extrémistes hutus et surtout, surtout, le départ des troupes françaises. Ce dernier point est celui qui risque de provoquer le plus de remous finalement.

Au sol, l'homme aux cheveux blonds, presque rasés, baisse ses jumelles.

— Les voilà. Vas-y! ordonne-t-il au Rwandais qui épaule un lance-missile.

Il y a quelques secondes de silence, comme un flottement chez tous les hommes présents. Le blond jette un coup d'œil inquiet vers le camp militaire de Kanombé.

L'autre Blanc, les cheveux rasés lui aussi, mais bruns, très bruns, n'a pas d'état d'âme : il fait son job. Il envoie une petite claque dans le dos du Rwandais dont l'œil est déjà dans le viseur. Il faut toujours répéter les ordres avec ces nègres, semble-t-il grimacer.

Le Rwandais presse alors la détente et un bruit strident annonce le début du chaos.

Car les soldats savent que le chaos commence ici et maintenant. Et le chaos sera forcément terrible. On le sent venir depuis tant d'années qu'il est d'ailleurs étonnant que personne en Occident, en Europe n'ait rien fait pour l'empêcher.

Dans le ciel, le missile sol-air monte inéluctablement vers le Falcon présidentiel.

La seconde d'après, l'avion explose en des milliers de morceaux.

La détonation claque après l'impact.

La seconde suivante, il n'en reste rien qu'un panache de fumée et des débris qui s'éparpillent.

Le Rwandais a été à bonne école, songe le soldat blanc.

— Le traître est mort! s'exclame le tireur.

Ses camarades lui tapent dessus fraternellement.

— En plein dans le mille, Laurien, le félicite un autre.

— Allez, on dégage ! gueule le soldat blond.

Son collègue, le brun, retient le tireur par le bras et s'adresse aux quatre soldats rwandais.

— Vous connaissez la procédure à suivre : personne ne sait rien de ce qui vient de se passer. Personne, sinon vous êtes morts…

Les soldats hochent la tête, mal à l'aise. On dirait des gamins qui viennent de faire une bêtise un peu trop grosse pour eux.

Les Blancs savent que de toute manière les quatre Noirs préféreront que jamais personne ne sache qu'ils ont participé à cette action. Ils fermeront leur gueule, c'est certain. Jamais personne ne comprendra exactement ce qu'il s'est passé ce 6 avril 1994 vers 20 h 30.

C'est de ce jour et à cette heure qu'il faut pourtant dater le début du chaos.

Un chaos bien plus terrible que personne ne l'a imaginé.

~

François Gatama danse. Ses pieds exécutent des pas rapides et précis, son corps ondule, son regard perçant ne quitte pas les poings de son adversaire devant lui.

Pendant quelques minutes les spectateurs ont gardé les yeux levés au ciel étoilé. Loin, très loin, il y a eu une explosion.

— Un avion ! a crié un jeune type.

— N'importe quoi ! a répondu la foule en riant aux éclats.

Deux militaires ont pourtant fendu les rangs et ont quitté le petit stade des faubourgs de Kigali. Eux, ils ne rigolaient pas. Dans le pays, on sait que lorsque les soldats ne rigolent pas, ça n'augure rien de bon. Mais ça fait si longtemps que le pays est au bord du précipice que ce n'est pas cet accident d'avion qui précipitera les choses. D'ailleurs, le gong a immédiatement retenti et sur le ring, l'arbitre a lancé le combat.

François Gatama est un poids welter, rapide, plutôt élégant dans sa frappe, ses pieds dansent donc. À une vitesse incroyable qui fait hurler de rire les spectateurs. Sa garde, elle aussi fait rire, elle est bien trop basse pour en faire un boxeur hors pair mais il est d'une rapidité époustouflante, ça tout le monde le reconnaît aussi. Sa rapidité, c'est sa principale qualité. Ses détracteurs disent que c'est sa seule et unique qualité. Mais Gatama est un bosseur, il sue sang et eau pendant ses entraînements, il s'astreint à un régime qui lui fait connaître la faim et parfois de petits vertiges, il court de longues distances matin et soir pour renforcer son endurance.

Ce soir-là, c'est son premier combat national. À la clé, il y a une qualification pour les championnats du Rwanda. Il a dix-sept ans depuis trois jours et peut-être que dans deux ou trois ans, il aura l'étoffe pour aller en Europe et devenir professionnel, gagner de l'argent aussi. C'est son rêve. Parce que ici, au Rwanda, il n'est pas grand-chose. On dit un *inkotanyi-inienzi*, un cafard de Tutsi. Seul un statut de champion lui permet d'espérer un jour être quelqu'un.

Encore faut-il qu'il évite les coups de marteau que cherche à lui administrer son adversaire. Lui, il est lent mais ses uppercuts sont meurtriers. Sa puissance, c'est sa seule qualité. Mais quelle puissance ! On le surnomme *le Maillet*. On dit qu'il a laissé deux boxeurs handicapés après deux knock-out, cette année. On dit aussi que lors d'une bagarre hors du ring, il a tué à coups de poing un policier qui tentait de rançonner sa mère. Mais lui, il est hutu, son ascension est presque écrite à l'avance. Rien ne pourra s'y opposer.

Sauf François Gatama. Même s'il est le seul à en être certain.

Peut-être quelques boxeurs de son club et le Vieil Adam, son entraîneur, qui s'égosille dans le coin du ring, le croient-ils aussi. Quelques gamins de son quartier aussi le considèrent comme un futur champion du Rwanda. Mais pas beaucoup plus de supporters au-delà de Gikondo.

Rencontre François Gatama – Elias Sibomana.
Kigali. Le 6 avril 1994.

1re reprise.

Le gant droit du Maillet vient de frôler la tempe de Gatama. Le vent du boulet, il vient de le sentir contre sa peau noire, luisante de sueur et de vaseline. Mais le Maillet ne balance que des swings, il manque de style, son but est de démolir son adversaire. Ça ne peut pas être le but unique d'un champion du Rwanda, il faut un beau combat.

Et soudain un large sourire illumine la face crispée de Gatama sous les projecteurs qui éclairent le ring d'un halo blafard. Certains spectateurs se disent qu'il est dingue le gamin, il va se faire détruire et il sourit. Mais Gatama sourit parce qu'il se sent vraiment idiot : il y a bien sûr Dafroza qui croit en lui. Il se trouve idiot de ne pas avoir immédiatement pensé à elle. Dafroza croit en lui plus que lui-même. Elle lui a dit, la veille au soir, qu'il parviendrait à exaucer ses rêves de gloire. Dafroza a un don : elle voit le futur. Rien de très exact dans ses prédictions, ce n'est pas une sorcière, mais elle voit le futur à la manière de ces vieux qui savent quel temps il fera dans la semaine et qui sont capables d'affirmer qu'il pleuvra le lendemain alors qu'un soleil caniculaire fait plisser les yeux.

Il évite un autre swing horizontal en attaque, mais cette fois le gant lui râpe la mâchoire. Ça lui fait un mal de chien, ça le déstabilise une seconde. Une trop longue seconde qui permet à son adversaire de lui envoyer un formidable direct du gauche au flanc droit. Le gauche, ce n'est pas le coup favori du Maillet mais sa puissance est telle que Gatama s'étouffe de douleur. Il continue à danser sur le ring, s'éloigner du cogneur et reprendre ses esprits.

Alors pourquoi Dafroza après lui avoir assuré qu'il deviendrait un champion de boxe s'est-elle retournée brusquement dans le lit ? Pourquoi s'est-elle mise à pleurer doucement ? La jeune femme a seulement dit qu'elle ne se sentait pas bien, qu'elle avait un mauvais pressentiment. Rien à voir avec le combat de boxe du lendemain soir, a-t-elle assuré. Gatama n'a pas réussi à la consoler. Et au petit matin, Dafroza a préféré rentrer chez elle, pour le laisser se concentrer.

La cloche sonne la fin de la reprise.

2e reprise.

Gatama esquive, feinte, brûle toutes ses forces pour se mettre constamment à l'écart des coups puissants du Maillet. Il sait qu'il lui faut absolument éviter l'enfermement dans les cordes car là, il se ferait massacrer.

— Romps, François, romps, lui crie le Vieil Adam derrière les cordes.

Et puis, surtout, il doit toujours garder son regard dans celui de son adversaire car c'est dans ce regard qu'il voit venir les uppercuts ou les directs. Le Maillet cligne imperceptiblement des yeux avant toutes ses frappes. Une erreur de débutant. Une erreur que le Vieil Adam a repérée quelques mois plus tôt lors d'un combat du champion hutu dans le nord du pays.

Le round est long et harassant. Gatama envoie des séries de jabs pour tenir son adversaire à distance. Ça fonctionne : aucun des coups du Maillet n'atteint son but. Les spectateurs acquis à sa cause hurlent leurs frustrations à chaque loupé.

— Écrase le cancrelat ! crie même un homme.

Ses voisins se marrent. La soirée a déjà commencé, ils ont sans doute bu sur le chemin du stade.

Avant que le combat ne débute, Gatama a cherché

en vain Dafroza et sa mère. Pour un combat de cette importance, deux places leur étaient réservées mais les deux chaises derrière le Vieil Adam sont restées vides. Leur absence l'a inquiété mais son entraîneur lui a ordonné de se concentrer sur le combat. Rien que sur le combat. Ce qu'il a fait.

3e reprise.

Dès que la cloche résonne, le Hutu commence à ahaner un peu trop fort. Ses réserves sont presque épuisées. C'est là que Gatama ralentit sa danse. Il met en confiance son adversaire, il lui fait croire que lui non plus n'en a plus beaucoup sous la semelle. Le Maillet envoie alors un direct du droit mais le coup est moins précis encore que précédemment. Le Maillet croit ce qu'il voit : le Tutsi décline – il décline comme lui, mais lui, c'est un Hutu, supérieur physiquement au Tutsi, c'est prouvé scientifiquement !

Gatama évite facilement un nouveau direct et pénètre la garde ennemie d'un mouvement latéral des épaules. Le désaxage est tellement bien exécuté qu'un murmure d'admiration monte de la foule.

Puis il enchaîne un, deux, trois, quatre crochets en contre. Une vraie pluie de coups dont le dernier cueille son adversaire au visage. C'est rapide et précis – chirurgical, dirait le Vieil Adam. À cet instant, les spectateurs sont bouche bée : François Gatama a donc du punch, sa frappe n'est pas celle d'un danseur du ring, c'est aussi un cogneur à sa manière. Et de fait, l'arcade sourcilière et le nez du Maillet crachent un sang épais.

Le Vieil Adam exulte de joie dans son coin.

— File-lui sa correction, François !

Le Maillet fonce alors comme une bête prise au piège. Sa contre-offensive manque de panache mais il lance une noria de coups surpuissants. Gatama ne peut qu'éviter les directs et se retrouve piégé dans un coin. Il essaye de contrer de l'épaule droite, puis de l'épaule gauche, les gants l'atteignent par deux fois au visage. Ça fait mal, très mal mais le Hutu a perdu de sa puissance. D'un mouvement du torse et grâce à ses pas de danse, Gatama réalise une parfaite sortie de coin, se dégageant du corps à corps meurtrier. Le Maillet est décontenancé, il vacille un instant. Et cligne des yeux.

Alors, Gatama lâche tout ce qui lui reste de force : trois cross plongeants en contre suivis de quatre jabs en pleine face. La foule hurle sa colère : le nez de son champion vient de craquer. Le Maillet tremble sur ses genoux, se retourne et Gatama le cueille d'un uppercut au menton. Un coup d'école !

L'arbitre commence à compter. Un, deux, trois…

— Cancrelat ! Cancrelat ! hurle la foule, ivre de colère.

… quatre, cinq…

Le Maillet est knock-out.

— D'toute manière, t'en as plus pour longtemps ! prévient un jeune homme en levant un bâton clouté au-dessus de sa tête.

… six, sept…

— Abatutsis ! Abatutsis ! professe une femme qui saute sur place.

Gatama jette un coup d'œil au Vieil Adam.

Celui-ci a les sourcils froncés et l'air extrêmement soucieux, inquiet comme jamais.

… huit…

~

Comme tous les habitants de Gikondo, sur les hauteurs de Kigali, Dafroza Rwigyema a vu l'explosion dans le ciel sombre. Elle a gardé le petit transistor contre son oreille : le speaker a dit qu'une chose très grave venait de se passer et que les Tutsis payeraient en temps et en heure. Puis il a changé de sujet immédiatement : le combat de boxe allait commencer.

Dafroza sort sur le pas de la porte et regarde à nouveau le ciel. Des débris flottent encore dans les airs. Elle a peur pour François. François, son amour. François combattant un champion hutu. François au milieu de spectateurs hutus. François pris au piège dans ce stade à Kigali. Un mauvais pressentiment l'a empêchée d'aller au stade ce soir. Mais elle a encore une fois la certitude qu'il s'en sortira, que son rêve de gloire sera exaucé un jour.

Les voisins, eux, n'écoutent plus la retransmission du combat de boxe dans lequel le gamin du quartier, François Gatama, va réduire le Maillet en charpie. Ils ont l'air grave.

Une vieille femme pleure, elle parle d'un très grand malheur qu'il est désormais impossible d'arrêter. Le quartier est en émoi – les Tutsis rentrent chez eux, profil bas ; les Hutus se laissent aller à des cris de colère, un jeune homme coiffé d'un béret militaire vert brandit une machette en remontant la rue qui passe devant la petite maison de la mère de Dafroza.

— Cancrelat ! C'est vous qui avez fait ça ! lance-t-il à la jeune fille en montrant le ciel.

Dafroza ne répond pas, elle écoute toujours le transistor. Sur le ring, François garde à distance son adversaire. Le speaker affirme que ce n'est pas une boxe d'homme, qu'il faut se servir de ses poings comme le fait le Maillet, que Gatama est un sous-homme.

Elle rentre dans la maison et pousse la porte derrière elle. Elle voit sa mère, assise dans l'obscurité au fond de la pièce. Ses mouvements syncopés trahissent une vive inquiétude.

Un coup de feu claque plus bas, au pied de la colline. La mère sursaute en poussant un petit cri.

Dafroza entend la cloche annonçant la fin de la deuxième reprise. François danse toujours devant son adversaire, il évite de justesse un swing du Maillet mais le coup le touche à la mâchoire. Elle a une seconde d'inquiétude et le speaker dit que vraiment, la chance sourit au Tutsi parce qu'il ne semble pas avoir mal.

Dans la rue des gens courent, d'autres courent après eux et hurlent *Abatutsis*.

Au troisième round, François envoie une série de coups. Le speaker crie dans le transistor que ces coups ne sont pas fair-play, que ce n'est vraiment pas de la boxe d'homme. Le champion hutu s'écroule. Aux cris des spectateurs, Dafroza sait que François vient de l'emporter.

Alors elle saisit sa mère par les bras.

— Il faut partir, maman. Il faut quitter Kigali, maintenant.

La vieille sourit à sa fille unique.

— Toi, pars. Tu iras plus vite. Moi, je ne peux pas aller assez vite. Les gens me connaissent ici, ils savent que je n'ai rien à voir avec le FPR et les Tutsis qui se battent.

Dafroza comprend que sa mère ne bougera pas. C'est comme ça, elle mourra dans cette maison.

— Viens avec moi, fait-elle encore.

— Ne t'inquiète pas : l'inspecteur qui habite devant, il me connaît, je n'ai rien à craindre.

— Il ne te protégera pas, maman. Il est hutu et…

— Je t'aime, ma fille. Va-t'en.

C'est comme ça.

Dafroza prend quelques habits, les fourre dans un sac de toile. Elle prend une boîte de thon en conserve, trois galettes de blé et une petite gourde d'eau, puis vérifie que ses petites économies sont dans son portefeuille, dans la poche de sa jupe. Elle est calme, étrangement calme.

Dans le transistor, l'arbitre a compté dix.

Le speaker et la foule hurlent. Mais ils hurlent leur colère.

Sa mère regarde ses mains jointes sur ses genoux, elle ne tremble plus. Dafroza l'embrasse dans le cou, lui caresse les cheveux.

— Ne sors pas, maman. Reste à l'intérieur pendant quelques jours.

Elle sort par la fenêtre à l'arrière de la maison.

Dafroza sait que les jours qui viennent ne seront qu'une question de chance. Dieu l'aidera peut-être dans sa fuite mais Dieu n'est pas toujours très sérieux au Rwanda.

Elle remonte la colline en passant par les arrière-cours des maisons. Il fait nuit mais le quartier est en éveil, comme en plein jour. En bas, Kigali n'a pas sommeil non plus. Une effervescence inquiétante anime les rues. On voit les flammes de trois ou quatre incendies. On entend des coups de feu et des cris. Sur les avenues, on peut apercevoir des camions surchargés d'individus et des barrages qui commencent à s'ériger çà et là.

— Ils ont décidé de tous nous tuer, murmure Dafroza en hâtant le pas.

Son idée, c'est de rejoindre la campagne, de fuir les centres urbains. Peut-être que dans les campagnes, les Hutus et les Tutsis sont moins mélangés qu'à la capitale. Elle espère que les Tutsis sont mieux organisés à la campagne, qu'ils ont pris en main leur défense.

Soudain, un cri monte derrière elle :

— À l'aide ! Pour l'amour de Dieu, à l'aide ! supplie une femme à moitié nue qui est violemment bousculée par quatre jeunes hommes.

Dafroza se colle contre un mur. La femme, c'est l'une des institutrices de l'école de Gikondo. Les hommes, la jeune fille les connaît aussi : ce sont des voisins de sa mère. L'institutrice est hutue mais elle a dû vouloir empêcher quelque tuerie.

Dafroza est tapie dans l'ombre du mur, elle ne

peut pas bouger, ni s'enfuir sans être vue. Elle sait qu'elle n'aurait aucune chance. Elle doit attendre.

— Salope et traître en plus ! rigole l'un des quatre hommes.

Il gifle l'institutrice une fois et lui assène un coup de poing à l'estomac. Elle tombe à genoux, l'homme lui saisit la tête à deux mains et la force à lui faire une fellation. Ses camarades regardent le spectacle, l'un d'eux essuie sa machette avec un chiffon sanguinolent.

L'homme jouit dans un borborygme horrible.

Un de ses camarades baisse le pantalon de la femme. L'homme à la machette le repousse violemment.

— On n'a pas le temps ! On a du boulot, j'te rappelle ! fait-il en abattant la lame de son arme sur le cou de l'institutrice.

Celle-ci ne meurt pas, elle lâche un cri bestial qui lui vient du fond du ventre.

On dirait une bête égorgée sur un marché, se dit Dafroza.

L'homme tire l'institutrice par les cheveux, dégageant sa nuque.

— Pour l'amour de Dieu tout-puissant ! tente encore la femme.

Dieu, il a pris de longues vacances loin d'ici, s'entend penser Dafroza. Elle n'aime pas blasphémer mais là, elle ne peut s'en empêcher.

L'homme abat une nouvelle fois la lame. Cette fois, c'est la bonne : l'institutrice tombe au sol, désarticulée.

— La salope et traître est morte, observe celui qui vient de jouir.

— C'était ma maîtresse quand j'étais à l'école, j'aurais jamais cru ça d'elle, dit un autre avec seulement un peu d'étonnement dans la voix. Elle était hutue et elle a essayé de sauver l'enfant tutsi…

L'homme à la machette lui tape amicalement sur l'épaule.

— Tu vois avec les inienzis tout est possible, ils peuvent même corrompre les Hutus. Allez viens, on a beaucoup de travail, je te répète.

Les quatre ombres redescendent le chemin.

Dafroza reprend son souffle, met sa main devant sa bouche et essaye de masquer les sanglots qui veulent sortir. Elle pourrait hurler comme jamais. Mais quelque chose en elle la pousse à vivre, quelque chose qu'elle n'aime pas, quelque chose qui l'a poussée à blasphémer. La certitude qu'un jour elle se vengera.

Elle reprend son chemin, se servant des ombres et de l'obscurité quand c'est possible, courant lorsqu'elle peut être vue.

~

« L'avion du président de la République vient d'être abattu alors qu'il était en phase d'atterrissage à Kigali. Alors, restez à l'écoute de radio RTLM, si de nouvelles informations nous parviennent, nous vous les communiquerons. »

~

Dix.

L'arbitre saisit le poignet gauche de Gatama et le lève au ciel.

— Bravo, François, c'était un très beau combat. Tu es qualifié pour les nationaux.

Et puis comme s'il s'apercevait soudainement de l'ambiance délétère qui règne dans les rangs des spectateurs, il repousse le boxeur vers son coin.

— Tu dois quitter le stade et vite, lui glisse-t-il à l'oreille.

Le Vieil Adam lui éponge rapidement le visage, retire le protège-dents et lui passe son peignoir. Sans même lui enlever ses gants, il lui fait passer les cordes en le poussant fortement dans les reins.

Sur le ring, l'entraîneur et le sparring-partner du Maillet relèvent le boxeur pareil à une poupée de chiffon. Le sparring-partner adresse un regard vide au camp vainqueur, un regard vide et triste, peut-être.

— Et ma médaille ? fait Gatama.

— Tais-toi ! Faut qu'on parte immédiatement.

La foule insulte le boxeur et son entraîneur comme ils remontent l'allée de terre entre les sièges. Une bouteille de bière vole et s'écrase devant les deux hommes.

— Abatutsis ! Abatutsis !

Soudain, on a l'impression d'entendre des coups de feu au-delà des balustrades qui délimitent le stade de boxe. Mais la fureur des spectateurs masque les bruits extérieurs. C'est une chance pour le boxeur et son entraîneur : ils parviennent à atteindre le portail et se retrouvent sur le trottoir sans trop d'encombres.

Là, la nuit promet d'être électrique, l'ambiance est tendue. Des hurlements se font entendre. Les gens marchent vite dans les rues, certains courent.

Plus loin, au fond de l'avenue, peut-être qu'un groupe d'individus tabasse quelqu'un. Des coups de feu claquent à nouveau vers le centre-ville.

Un pick-up Nissan, dont le plateau arrière transporte une douzaine d'hommes jeunes, armés de massues et de machettes, vociférant et le regard noir, passe en trombe devant eux.

— Des Interahamwes, dit le Vieil Adam. Il se passe quelque chose de très mauvais…

— Qu'est-ce qui se passe ? fait Gatama.

— Il faut rentrer à Gikondo, viens.

Les spectateurs du match commencent à quitter le stade et, pour certains, désignent les deux hommes, indécis.

Un autre groupe de jeunes gens, l'un d'eux tenant un vieux fusil, les autres brandissant des machettes ou des hachettes, remonte l'avenue. Ils sont en chasse cette nuit, les Tutsis sont leurs proies.

— Qu'est-ce qui se passe, Adam ?

Celui-ci saisit le bras de son boxeur, le serre fort :

— Il faut rentrer vite à Gikondo, répète-t-il.

Une 504 Peugeot s'arrête à leur hauteur. L'homme qui passe la tête par la portière est le sparring-partner du Maillet.

— Montez, lance-t-il.

Le Vieil Adam fait un pas vers le véhicule puis

s'arrête : le conducteur est un Hutu, leur ennemi mortel, c'est évident.

— Montez ou vous êtes morts ! continue-t-il.

Les jeunes hommes au fusil discutent de loin avec les spectateurs : ça y est, ils ont compris que deux Tutsis leur faisaient face. Ils se mettent à courir vers leurs proies en hurlant.

— C'est un tricheur d'inienzi ! vocifère encore un vieillard en montrant du doigt le jeune homme en peignoir et gants de cuir aux poings.

Le Vieil Adam n'a pas lâché l'avant-bras de Gatama, il l'entraîne dans la voiture du sparring-partner. Un coup de poker, songe-t-il en pénétrant dans l'habitacle.

La 504 démarre dans un panache de poussière.

Un coup de feu claque et touche la carrosserie quelque part.

— Je vous laisse à l'extérieur de Kigali ! explique le conducteur, le front ruisselant de terreur.

— Merci, merci…, dit le Vieil Adam.

Par la lunette arrière, ils voient la foule qui tente de poursuivre la voiture.

— Je vous laisse à l'extérieur de Kigali, reprend l'homme au volant, mais on ne se connaît pas. Moi aussi, je risque ma vie là…

— Qu'est-ce qui se passe ? continue à demander Gatama.

L'homme jette un coup d'œil dans le rétroviseur intérieur :

— Les Tutsis ont fait exploser l'avion du président Habyarimana. Alors maintenant, les Tutsis vont se faire massacrer.

— L'explosion, tout à l'heure dans le ciel, c'était l'avion du président ?

Le Vieil Adam reste interdit, il ne peut plus parler.

— Oui, et maintenant les miens vont se venger.

— Pourquoi tu nous aides alors ? demande l'entraîneur avec difficulté.

Le conducteur hausse les sourcils.

— Je sais pas, répond-il au bout de quelques secondes de réflexion. Je ne suis pas d'accord avec ceux du Hutu Power, peut-être. Et puis, c'était un beau combat.

Il jette un nouveau regard dans le rétroviseur intérieur et plonge dans celui du jeune boxeur :

— T'es un grand champion, François. Ça c'est certain ! Et je m'y connais en boxe. Faudra que tu apprennes à relever ta garde, mais tu es un grand boxeur.

Gatama secoue la tête.

— Faut aller à Gikondo ! crie-t-il, hors de lui.

Le Vieil Adam saisit les épaules du boxeur, ses muscles sont tendus à se rompre :

— Il faut qu'on quitte Kigali, François ! Tu entends ? Les Hutus veulent écraser tous les Tutsis…

— Dafroza. Faut que j'aille chercher Dafroza !

Le conducteur enfonce l'accélérateur.

— Hors de question. Je vous laisse à la sortie de la ville et vous vous débrouillez.

— Non, emmène-nous à Gikondo ! s'emporte Gatama.

Quatre vieux camions s'avancent vers eux, des

hommes s'agrippent de partout aux carrosseries. Ils sont au moins deux cents, armés de machettes, de lances aussi. Quelques fusils émergent des grappes humaines.

Et puis, là-bas, sur le trottoir, éclairé par un lampadaire à la lumière scintillante, ils voient le premier des cadavres.

C'est une femme, la cinquantaine, peut-être un peu moins. Ses mains sont entravées par une corde grossière et sa chemisette déboutonnée laisse apparaître une blessure qui déchire sa poitrine sur une cinquantaine de centimètres. Une large entaille a également fendu son crâne. Elle baigne dans une mare de sang. Au-dessus d'elle, une femme et quatre hommes observent le corps d'un air concentré. La femme crache sur le cadavre.

Les trois hommes dans la voiture se sont tus.

— Dafroza s'est enfuie, elle aussi, dit alors le Vieil Adam.

— Elle s'est enfuie ou elle est morte, continue le conducteur en fixant les pick-up et les camions chargés de miliciens.

Il s'agit d'Interahamwes, les membres du mouvement présidentiel, ou d'Impuzamugambis, les hommes de la milice du parti hutu, le CDR.

Çà et là, des militaires ou des policiers commencent à organiser des check-points. Ils donnent des consignes aux civils et aux miliciens avec de grands gestes nerveux.

— Je ne peux pas laisser Dafroza, pleurniche Gatama en secouant la tête.

— Dafroza est forte, tente le Vieil Adam. Elle sait ce qu'elle doit faire, elle s'en sortira.

D'autres cadavres continuent d'apparaître sur les trottoirs, devant les maisons, dans les jardins ou les cours d'immeubles. Dans les jardins et les cours, ce sont plusieurs cadavres enchevêtrés qu'entrevoient les fuyards par les vitres sales de la 504.

— Lorsque les barrages vont fonctionner, on ne pourra plus sortir de Kigali, reprend le conducteur. Alors, soit vous descendez maintenant, soit vous descendez lorsqu'on aura quitté la ville. Vous choisissez.

Gatama pleure dans ses gants, il serre les poings mais c'est inutile. Ses poings qui viennent de terrasser le Maillet sont impuissants à sauver les siens.

— On descendra quand on aura quitté Kigali, dit doucement le Vieil Adam en essayant de délacer les gants en cuir.

Le jeune boxeur repousse son entraîneur et enfouit à nouveau son visage dans ses gants.

La 504 roule tranquillement pour ne pas se faire remarquer. Le conducteur sourit d'un rire carnassier pour montrer aux Hutus qu'il fait partie des vainqueurs.

— Quel con, murmure-t-il pourtant.

C'est de lui qu'il parle : quel con de s'être embarqué dans ce sauvetage. D'ailleurs, ses deux passagers n'en ont plus pour longtemps si la rumeur dit vrai.

— Quel con ! se flagelle-t-il encore.

La 504 est pareille à une mouche qui vole au milieu d'une toile d'araignée, les barrages se referment derrière elle piégeant les Tutsis, les machettes s'abattent sur des corps, des coups de feu cassent des crânes, des gens hurlent, d'autres rigolent. Mais la 504 passe à travers les mailles de la toile : elle arrive à la limite de la ville et s'engage dans les faubourgs.

— On y est ! dit soudain le conducteur.

Il amorce un ralentissement le long d'un trottoir mais les trois hommes, dans un même mouvement de la tête, ne peuvent décoller leur regard d'une forme sur le sol, là-bas, à une dizaine de mètres. Ou plus exactement deux formes.

— Ce n'est pas Dieu possible, s'étrangle le Vieil Adam.

Le conducteur reste muet et accélère lentement.

— Je vais vous déposer dans la campagne, dit le conducteur – sa voix est cassée, un sanglot sans aucun doute.

Le front contre la vitre, comme hypnotisé, Gatama ne peut cesser de regarder le trottoir et ce que son cerveau a du mal à réaliser.

— C'est un bébé, hein, Adam ? bredouille-t-il. Un bébé à qui on a coupé la jambe, hein ?

Le Vieil Adam hoche la tête.

~

Évidemment que les Tutsis doivent tous périr. Mais pas lui.

Heureusement il n'est pas encore mort. Mais il n'ira pas loin, songe Télesphore Ndahimana.

— Lui aussi, on l'aura, commissaire.

Il ne répond pas à l'inspecteur Sylvère Seromba à côté de lui. Celui-ci en est un peu gêné.

— Faut faire attention, commissaire : les Tutsis, faut pas les laisser faire sinon on sait ce que ça donne.

Un instant, Ndahimana a l'envie de dégainer son pistolet et d'abattre son subordonné.

— Le jeune Gatama est un très bon boxeur, explique-t-il seulement. Et c'est dommage qu'il soit tutsi et qu'il doive disparaître de la surface de la terre comme tous ses frères et sœurs parce que sinon il a les épaules pour devenir un champion de classe internationale.

Les deux hommes quittent leur chaise et se dirigent vers la sortie.

— Ah ! Vous avez vraiment la passion de la boxe, commissaire. Rien à dire. Pour dire qu'un Tutsi est un champion, il faut vraiment aimer la boxe…

Cette fois le commissaire lui jette un regard vide, le regard qui précède une mise à mort.

— Il faudrait qu'il relève un peu sa garde, bon sang ! s'emporte-t-il. Il a même une sacrée droite. C'est bête.

En quittant le stade au milieu de la foule chauffée à blanc, Ndahimana tente de trouver une solution mais rien ne vient. Il boirait bien quelques verres pour stimuler ses méninges.

— Un match de boxe sans remise de médaille, c'est comme un bon repas sans dessert, explique-t-il à Seromba.

— On aurait dû lui donner un bon coup de machette, plutôt !

Ndahimana jette un autre coup d'œil assassin à l'inspecteur. Qu'est-ce qu'il connaît au noble art, ce paysan ? Il préfère se taire : il serait capable de lui casser la gueule.

— C'est un tricheur d'inienzi, hurle alors quelqu'un sur le trottoir.

Un coup de feu claque.

De jeunes gens partent en courant après une 504 qui s'éloigne sur l'avenue du stade. En vain.

Le commissaire Ndahimana observe les civils armés de machettes ou de gourdins, certains de vieilles pétoires. Les visages sont pétris de haine : ils vont en découdre comme jamais, se venger des Tutsis et de tous ceux qui veulent les faire ramper. Mais la 504 qui s'éloigne soustrait François Gatama au lynchage.

— Bon, bon, bon, dit Ndahimana, on rentre au commissariat. Cette nuit, on va avoir à faire. Et demain aussi. Et les jours suivants.

Seromba affiche un sourire carnassier, lui aussi veut en découdre, lui aussi veut se venger. Pour tout dire, il ne sait plus très précisément de quoi il veut se venger mais il ressent ce dégoût viscéral lorsqu'il voit les Tutsis. Bon, pas tous les Tutsis, c'est vrai. Sa sœur est mariée avec un Tutsi et il faut reconnaître qu'il est serviable et plutôt bon travailleur. Grâce à lui l'inspecteur a réussi à construire sa maison à Gikondo, sur les collines au-dessus de Kigali. Et puis, il doit bien reconnaître que parfois les Tutsies sont jolies. Tiens, en face de chez lui, à Gikondo, il y a une jeune fille d'une beauté stupéfiante.

— On va aller chercher les gars au commissariat et on s'assurera que les barrages sont bien en place, reprend Ndahimana.

— Ah ? C'est ça notre mission, commissaire ?

Le commissaire sent une pointe de regret dans la voix de son subordonné.

— Ne t'inquiète pas, Seromba, tu vas passer à l'action, toi aussi.

Seromba se sent un peu pris en faute mais les jeunes hommes et les plus vieux, quelques femmes aussi, qui lèvent leurs armes en criant « Abatutsis » ne sont pas plus arrogants ou présomptueux que lui. D'ailleurs, le commissaire n'a pas de leçon à lui donner : il a participé à quelques pogroms anti-Tutsis depuis que la guerre a commencé. On dit qu'il est devenu commissaire à cause de son savoir-faire à tuer les Tutsis.

Les deux flics montent dans le 4 × 4 noir et gris.

Des jeunes gens se massent autour d'eux.

— C'est quoi les ordres ? fait un homme, la cinquantaine grisonnante, à Ndahimana qui s'est mis au volant.

Le commissaire regarde le milicien. Son œil est assassin comme, tout à l'heure, lorsque son collègue lui a dit qu'il aurait fallu donner un bon coup de machette à François Gatama, au lieu d'une médaille.

Il pousse le bouton on / off de l'autoradio.

L'animateur de la Radio Télévision Libre des Mille Collines hurle dans son micro :

« Les cafards tutsis sont une race de gens très mauvais. Je ne sais pas comment Dieu va nous

aider à les exterminer ! Continuons à les exterminer pour que nos petits-enfants n'entendent plus parler des Tutsis… »

— Vous avez entendu ? fait Ndahimana aux Interahamwes devant lui. Faites ce que vous avez à faire et laissez-moi faire mon travail.

Il démarre le moteur.

— Tirez-vous maintenant !

Le 4 × 4 fend la foule.

— Des incapables, analyse l'inspecteur Seromba en s'allumant une cigarette.

— C'est pour ça que tu es là, Seromba, pour y mettre bon ordre !

Le commissaire éclate de rire. L'inspecteur sourit jaune : son chef n'aime vraiment personne. Sauf peut-être les boxeurs. Le problème, c'est que c'est lui qui décide lequel de ses inspecteurs passera inspecteur principal et pourra empocher les bakchichs. L'inspecteur Sylvère Seromba aime bien sa maison de Gikondo. Pourtant il voudrait habiter dans le centre-ville de Kigali. Il a repéré un bel appartement sur le boulevard mais les propriétaires, des Tutsis encore, en demandent un loyer trop élevé pour un simple inspecteur. Voilà pourquoi il doit sourire au mépris de son supérieur et le soutenir en permanence.

— Quand même, ce boxeur, je l'aurais bien interrogé moi-même, lâche Ndahimana.

~

Tout s'est passé très vite.

Ils allaient quitter les faubourgs et atteindre la grande route qui serpente dans les collines. La tension était retombée un petit peu dans l'habitacle.

— Je vais faire un petit bout de chemin avec vous, je crois, a même souri tristement le conducteur. Ici, y a des choses pas belles que font les miens…

Le Vieil Adam lui a mis une légère tape sur l'épaule.

— Tu es un brave garçon.

Et puis, au dernier carrefour avant la grande route, un type a hurlé. Étonnamment, il a semblé reconnaître le sparring-partner du Maillet. Peut-être que la rumeur selon laquelle un Hutu aidait des Tutsis s'était propagée dans toute la ville comme le feu sur une traînée de poudre ?

Ses compagnons ont hurlé à leur tour des choses à l'intention des miliciens et des soldats qui gardaient un barrage un peu plus loin.

François Gatama a alors entendu les deux impacts sur la carrosserie. Deux chocs sourds.

L'une des balles a traversé le toit de la 504 et a touché le sparring-partner du Maillet en plein crâne. Un liquide épais et opaque a barbouillé le pare-brise et la voiture est allée s'encastrer dans le mur d'une maison.

Le choc a été terrible.

La tête du Vieil Adam a percuté celle du conducteur mort.

Tout s'est passé très vite donc.

Le visage du Vieil Adam est en bouillie mais il vit encore, sa respiration est bruyante.

— Enfuis-toi, François, bredouille l'entraîneur en crachant du sang et des dents.

Gatama, lui, s'est écrasé sur la banquette avant mais le siège a supporté le choc. Ça va pour lui. C'était comme encaisser un bon crochet en pleine mâchoire. Il n'a pas flanché plus de quelques secondes, l'adrénaline l'a immédiatement réveillé. Il essaye de tirer son ami à l'extérieur du véhicule mais avec ses gants de boxe, il n'a pas de prise.

— Enfuis-toi, répète le vieil homme.

Des cris de joie et de victoire fusent autour de la 504.

— Abatutsis ! Abatutsis ! hurlent les jeunes gens, ivres de vengeance.

Déjà des mains agrippent le Vieil Adam et l'extraient de la voiture.

Déjà les coups de pied et de bâton pleuvent.

Déjà on lui retire son pantalon sale et son slip élimé.

Déjà un jeune homme, presque un gosse, lui tranche les parties génitales et un autre milicien lui plante un long couteau faucille dans l'œil droit.

Le vieil homme hurle à la mort, s'étouffant de son sang, de ses dents et de sa douleur.

À son tour, Gatama se met à hurler comme un possédé. Dans un réflexe, il repousse la portière d'un violent coup de pied. Deux Hutus la reçoivent en pleine face, le boxeur bondit de la voiture. D'autres miliciens tentent de l'attraper, de lui asséner des coups de machette mais Gatama est un boxeur rapide, très rapide, trop rapide pour ces adversaires. Il fend la foule hurlante et parvient à sauter par-dessus un muret qui donne dans les jardins des dernières maisons des faubourgs de Kigali. Il sait qu'il ne pourra pas sortir de la ville : sur la route qui mène aux collines, à cent mètres, le barrage des Interahamwes et des soldats est infranchissable. Ils sont armés et tirent bien, ce sont sans doute eux qui ont abattu le sparring-partner. Instinctivement, il décide de foncer vers le centre-ville. Là-bas il y a des ambassades occidentales, l'aéroport aussi, et puis il connaît la ville, il pourra peut-être y trouver de l'aide, s'y cacher, attendre que la folie se calme.

Une cinquantaine de jeunes miliciens s'est lancée à sa poursuite.

Une détonation claque et Gatama sent quelque chose lui frôler la tempe, comme lorsque le direct du Maillet l'a frôlé une heure plus tôt.

Une heure déjà.

Une heure à peine qu'il fuit. Une heure que sa ville, son pays sont devenus un immense abattoir à ciel ouvert.

Une heure comme un siècle.

Dans une petite cour, il bute dans un tas visqueux et manque de chuter au sol. Il se rattrape de justesse comme ses poursuivants sont à quelques dizaines de mètres de lui. Il continue sa course et s'aperçoit qu'il court au milieu de dizaines, de centaines de cadavres. Une main l'agrippe au mollet. Les cadavres ne sont pas tous morts ! Alors il frappe d'un puissant coup de pied la serre qui le retient et casse l'avant-bras du moribond. Chacun pour soi, maintenant.

Il remonte les ruelles sombres comme un dératé.

Il fonce un peu au hasard, ses poursuivants sont moins nombreux : le type aux gants de boxe est trop rapide, rien ne sert de perdre son temps, ont estimé la plupart des miliciens. Ils savent que le boulot ne se fera pas tout seul. Ils ont donc stoppé la poursuite et ont abattu leurs machettes et leurs massues cloutées sur d'autres ennemis.

Gatama, lui, garde le rythme.

Les immeubles et maisons sont moins bâtis de bric et de broc, il approche du centre-ville, des quartiers résidentiels. Parfois au détour d'une venelle, il entrevoit du coin de l'œil un tas de cadavres ou un groupe d'individus en train d'accomplir leur basse besogne. Les lames des machettes ou des hachettes scintillent sous la lumière d'une lanterne ou les phares d'une voiture, un scintillement et la lame s'abat sur une nuque.

Il ne doit pas être minuit lorsqu'il stoppe derrière un petit appentis à poubelles, sur le côté d'un immeuble de deux étages qui longe l'avenue.

Sur l'avenue, on entend des voix, des rires. Des Interahamwes et des policiers racontent qu'ils ont coincé deux femmes cancrelats et qu'un certain Boniface les aurait violées à deux reprises chacune. Un homme rigole et demande à Boniface comment il fait pour garder autant de vigueur avec des cancrelats.

Cinq ombres remontent la ruelle, elles bousculent les poubelles. Ce sont ses derniers poursuivants, il les a bien possédés.

Gatama est terrassé mais il n'arrive même plus à pleurer. Ses muscles le brûlent, son esprit est proche de divaguer, un vertige le saisit, il se retient au mur. Ce n'est pas lui qui a un vertige, c'est le monde entier qui bascule. Il n'ira pas plus loin, pas cette nuit. Il passe derrière une poubelle, tire sur lui une petite plaque de tôle ondulée. Maladroitement, il essaye de retirer les lacets de ses gants de boxe, il est trop fatigué, il n'arrive à rien. Il se demande vaguement où peut se trouver Dafroza, si elle était l'une des femmes que Boniface a violées à deux reprises. Non, son amour est forte et rapide comme lui, mais beaucoup plus intelligente. Et puis, elle voit l'avenir. Elle va s'en sortir, elle va s'en sortir…

Quelques secondes encore et ses yeux se ferment.

~

L'aube se lève à peine sur Kigali. Il fait encore frais, c'est presque agréable.

Depuis quelques heures, on entend moins de détonations et de cris. Peut-être que certains éléments de l'armée et de la police ont mis un terme au chaos ? Peut-être que les Occidentaux, les Français ou les Belges ont pris position en ville et empêché les Hutus de commettre plus de crimes ? Rien n'est moins sûr pour qui est un tant soit peu au fait de la véritable crise dans laquelle le Rwanda sombre depuis le début de la guerre civile en 1990. Depuis d'ailleurs les premiers pogroms anti-Tutsis, il y a bien longtemps.

Landoald Ndasingwa a mal dormi cette nuit. Bien sûr, des coups de fusil et d'arme plus lourde ont été tirés dans la capitale. Et même non loin de Nyarutarama, le quartier résidentiel où vit la famille du seul ministre tutsi du gouvernement de transition. Ndasingwa a bénéficié d'une clause des accords d'Arusha et, en 1993, il a été nommé ministre du Travail et des Affaires sociales. Bien sûr les siens subissaient des attaques ici ou là. Mais on voulait encore croire que rien n'était perdu si les hommes de bonne volonté voulaient bien se rassembler.

Mais ce ne sont pas les coups de feu qui l'ont tenu éveillé.

Hélène ne dort pas non plus. Elle ne bouge pas dans le lit mais *Lando* sait qu'elle ne dort pas. Il espère que les enfants, Patrick et Malaïka, ont trouvé le sommeil. Toute la famille sait que le Rwanda est une poudrière et que quelqu'un vient d'allumer la mèche. On voudrait faire croire que ce sont les Tutsis qui ont assassiné le président, on n'aurait pas fait autrement. Lando, lui, penche plutôt pour les extrémistes hutus. Il a quelques doutes sur l'apparente neutralité des Français aussi. Il a demandé un entretien avec l'ambassadeur français pour le lendemain. Pas de réponse pour l'instant.

La famille Ndasingwa a décidé d'essayer de dormir, comme normalement. Une superstition peut-être : si l'on vit normalement, la vie sera normale.

Quelques jours auparavant, Jacques Roy, l'ambassadeur du Canada, lui a vivement conseillé de faire quitter le pays à sa famille. Le diplomate avait-il eu vent de quelque chose ? Hélène a refusé de laisser son mari seul. Et lorsque Hélène a une idée en tête, pas la peine d'essayer de la faire changer d'avis, sourit Lando dans un demi-sommeil. Sauf que les enfants sont restés aussi et ça c'est un gros souci pour le ministre.

Un fracas sourd se fait entendre au rez-de-chaussée. Une porte qu'on enfonce.

Le ministre tente de juguler sa peur : les casques bleus en faction devant sa résidence ne laisseront pas les miliciens entrer chez lui. Ils ont été placés là par le général Roméo Dallaire, le chef de la mission des Nations unies au Rwanda. Ce sont sans aucun doute des éléments sûrs. Quelques semaines auparavant, Dallaire avait entendu parler d'un escadron de la mort chargé d'éliminer le ministre. Le président de la Cour constitutionnelle rwandaise est également sur la liste noire du Hutu Power.

Mais dans le hall d'entrée, ce sont une vingtaine de soldats de la garde présidentielle qui l'observent.

— Les Ghanéens ont déguerpi comme des lapins, sourit un officier.

Les soldats grimpent les escaliers quatre à quatre. Deux d'entre eux se saisissent de Landoald Ndasingwa et le repoussent dans la chambre parentale. Hélène est debout, une robe de chambre jetée hâtivement sur les épaules.

— J'ai de l'argent ! Vous voulez de l'argent ? tente le ministre.

Ses enfants sont emmenés dans la chambre. Les parents les serrent contre eux.

— Je peux vous donner de l'argent, répète Ndasingwa.

Quatre soldats pointent leurs fusils sur les nuques des prisonniers.

L'officier fait un signe de la tête.

Quatre détonations claquent.

La jeune Malaïka, grièvement blessée, hurle qu'elle ne veut pas mourir.

— Tu vas pourtant mourir, grince l'officier.

D'un signe de la main, il ordonne à un de ses hommes d'en finir. Celui-ci tire une balle dans la tête de la gamine.

~

A-t-il dormi quelques minutes, une heure ou un siècle ?

Gatama est incapable de le dire. Comme il est incapable de dire si ce qui s'est déroulé la veille n'est qu'un cauchemar.

Il ne bouge pas. Derrière la poubelle et sous la tôle ondulée, il se sent encore en sécurité. Ça lui rappelle lorsque, enfant, il avait peur que des monstres soient tapis dans l'obscurité de la petite maison de Gikondo. Il se blottissait alors sous sa couverture et celle-ci lui semblait être un rempart suffisant.

Il pleut et le sol est boueux sous lui. De temps en temps, en joignant ses mains toujours gantées et en les sortant sous la pluie, il peut boire un peu. Il a essayé de défaire les lacets des gants avec ses dents mais la pluie rend les nœuds impossibles à dénouer.

Les heures défilent et il se rendort plusieurs fois.

Des groupes d'hommes passent en courant dans la ruelle à quelques mètres de lui. Il essaye d'être immobile comme une pierre, retenant l'envie de s'enfuir en courant et en hurlant. Alors il pense très fort à Dafroza et prie Dieu pour qu'elle se soit échappée et que bientôt il la retrouve saine et sauve.

Dans l'après-midi, deux hommes traînent une femme dans la ruelle. Ils lui arrachent ses vêtements et la violent chacun à leur tour. La scène dure une dizaine de minutes. Puis l'un des hommes sort un pistolet et pose le canon sur la tempe de la malheureuse.

— Tu vas mourir petite cafard, dit-il en riant.

Son compagnon lui glisse quelques mots à l'oreille.

L'autre donne un violent coup de pied à la femme.

— Pan ! T'es morte, rit-il.

Et les deux hommes quittent la ruelle.

La jeune femme reste au sol quelques secondes, ses yeux croisent ceux de Gatama derrière la poubelle. Elle ramasse alors ses habits déchirés et s'enfuit en courant.

François Gatama reste pétrifié. Par la violence de la scène. Et par sa lâcheté.

Alors, il se recroqueville sous le morceau de tôle et s'endort à nouveau.

La nuit est tombée lorsqu'il rouvre les yeux. Une journée est passée.

Des coups de feu, des explosions aussi et des cris résonnent dans les rues autour de lui.

Il se rendort.

Encore une fois, lorsqu'il rouvre les yeux, il ne sait pas combien de minutes, d'heures ou de siècles il a dormi.

En tout cas, il fait jour lorsque deux hommes le tirent de dessous sa tôle ondulée.

— Caché dans les poubelles, le cafard ! déclare l'un des miliciens.

— Hé hé hé ! La pute *iyenzie* a dit vrai : un cafard se cache dans les poubelles !

Parmi les miliciens se trouve la jeune femme violée par les deux hommes la veille dans cette même ruelle. Son œil droit n'est plus qu'une boursouflure sanguinolente, du sang séché bouche ses narines, et elle tient son entrejambe à deux mains, sans doute a-t-elle encore été violée. C'est elle qui a dénoncé Gatama. Pour sauver sa vie ou simplement pour faire cesser les coups. Gatama n'éprouve aucune haine contre elle, lui-même n'a rien fait pour l'aider. C'est comme ça : chacun pour soi et Dieu pour tous. Ou pour personne, désormais.

— Tu croyais que tu allais échapper à ton destin, hein, cafard ?

Les coups vont pleuvoir, c'est certain. Gatama ferme les yeux et pour une fois porte une garde haute.

Les coups ne pleuvent pas.

Il rouvre les yeux et fait face à plusieurs dizaines d'yeux exorbités.

— Pourquoi t'as des gants de boxe, petit *iyenzi* ?

Un des hommes touche le cuir rouge du bout de son espèce de sagaie.

— Tu es malade dans ta tête ou quoi ? fait-il sérieusement.

Le premier milicien porte un blouson bleu électrique, un brassard Hutu Power entoure son biceps, il a un couteau à la ceinture et un gourdin clouté à la main.

— Réponds, cafard ! Pourquoi tu portes des gants de boxe ?

Quelque chose se déclenche en lui, une explosion qui lui vient du fond du ventre, l'instinct de survie chauffé à blanc peut-être : François Gatama bondit sur ses jambes et distribue quelques directs aux hommes devant lui. Ses assauts font mouche, ses coups font mal et créent une légère panique parmi la dizaine de miliciens. Quelques secondes, juste assez pour que le boxeur puisse fuir. Il est toujours rapide, plus peut-être qu'il ne l'a jamais été sur le ring.

Sa fuite est éperdue mais il ne veut pas mourir sous les coups des machettes. Sous les poings d'un cogneur plus fort que lui, ça serait la loi du sport, les risques du métier, il l'accepterait. Mais se faire tailler par les Hutus, c'est hors de question.

Il atteint une avenue principale dont il ne connaît même pas le nom, ni l'emplacement réel.

Un pick-up la remonte. Quatre hommes sont perchés sur le plateau arrière. Deux d'entre eux visent les Tutsis effrayés, hébétés, certains gravement blessés qui courent dans les rues. Les coups de feu s'enchaînent. Des corps chutent sur la chaussée.

Un enfant très jeune pousse un hurlement terrible en se tenant le ventre à deux mains. Personne ne l'aide. Personne ne l'aidera.

— Les Français ont atterri à l'aéroport ! crie alors une vieille femme sur le trottoir opposé.

Tous les yeux des fuyards se tournent vers l'est.

Là-bas, au loin, Gatama aperçoit Kanombé et la tour de contrôle de l'aéroport. Tout le monde sait que les casques bleus de la MINUAR tiennent la zone. C'est sa chance !

Des Interahamwes surgissent au bout de l'avenue. Ils sont une trentaine et se ruent vers les Tutsis. Leurs machettes et leurs gourdins s'abattent sans temps mort sur leurs ennemis. Ils rigolent mais accomplissent leur tâche avec professionnalisme. Leur entraînement a été bon.

Autour de Gatama, les gens courent aussi. Les femmes, les enfants et les vieillards trottinent, parfois marchent seulement, comme résignés devant l'horreur de leur destin, et lorsque des miliciens apparaissent les moins rapides n'échappent pas aux coups. Les hommes, plus robustes, plus rapides aussi, tombent sous les balles mais ils ont plus de chances d'atteindre les grilles de l'aéroport.

Gatama se sent comme une bête dans la jungle. Mais lui, s'il n'est pas une bête féroce, capable de se retourner contre son prédateur, il est le plus rapide. Il court et slalome pour ne pas constituer une cible trop facile. Il demande à Dieu de lui permettre de quitter l'avenue en vie. Dieu accepte. À ses côtés, un très grand type qui tire par la main une femme reçoit une balle en pleine tête et tombe à genoux. La femme essaye de le relever en pleurant, en criant « à l'aide ». Mais elle non plus, personne ne l'aidera. Gatama se dit qu'à quelques centimètres près, c'était son crâne qui explosait.

Quelques minutes plus tard, une foule s'est

amassée devant le haut portail à l'entrée principale de l'aéroport.

Des parachutistes français se trouvent derrière les grilles. Ils sont armés, des coups de feu sont tirés en l'air comme un officier ordonne à la foule de se disperser.

La foule, elle, a immédiatement compris qu'ils n'ouvriront pas les grilles.

Un autre officier dit quelque chose comme : « Débrouillez-vous avec votre guerre de sauvages ! »

Gatama jette un coup d'œil par-dessus ses voisins agglutinés et il aperçoit les Interahamwes et quelques soldats rwandais qui avancent vers eux. Alors, il tente le tout pour le tout. Le Vieil Adam lui a toujours répété que lorsqu'il était coincé dans un coin, qu'il se sentait perdu, que son adversaire était plus puissant que lui, il fallait qu'il devienne fou, ivre de rage et qu'il sorte à tout prix du piège. Le jeune boxeur repousse quelques personnes et saisit les lourds barreaux du portail. Il se hisse jusqu'en haut et se laisse tomber de l'autre côté.

Les soldats français le saisissent par son peignoir, un coup de poing lui ferme un œil.

— Là-bas, les Hutus vont nous tuer ! tente l'intrus.

Une douleur incroyable lui brûle la nuque et il s'évanouit quelques secondes.

Il se sent porté en l'air et retombe de l'autre côté du portail sur les têtes des gens qui supplient qu'on les laisse pénétrer dans l'aéroport.

Complètement groggy, il se fait alors piétiner par

la foule. Il n'arrive pas à se relever, le monde vacille à nouveau autour de lui, son souffle s'emballe puis devient rare. C'est impossible, songe-t-il avant de s'écrouler au sol. Des cris, des hurlements, quelques coups de feu au-dessus de lui. Il reçoit un corps lourd sur le dos, la femme a un trou rouge juste sous l'œil.

Mais les pieds qui l'écrasent se font moins nombreux. Puis il n'y a plus du tout de pieds. Gatama relève la tête et il s'aperçoit qu'il est toujours devant l'aéroport. Autour de lui, des cadavres et quelques blessés qui gigotent faiblement.

Il s'évanouit.

D'autres pieds que ceux qui l'ont écrasé un peu plus tôt le poussent, ce sont les pieds de miliciens.

— Qu'est-ce qu'il fait avec ses gants de boxe, celui-là ? demande l'un d'eux.

Gatama parvient à s'asseoir.

Un homme, mieux habillé que les autres, qui tient un pistolet à la main, repousse le milicien et dit quelque chose aux autres. Ceux-ci font des grimaces et haussent les épaules.

Les prisonniers sont emmenés loin du portail. Aux côtés de Gatama, se trouvent deux autres hommes blessés au visage, trois femmes dont l'une porte un enfant sur son dos, coincé dans son pagne. Des Tutsis.

On entend des tirs d'armes automatiques au nord de la ville. Les affrontements ont l'air intenses.

Les miliciens sont plusieurs dizaines. L'aéroport se trouve désormais trop loin pour que le rapide

Gatama puisse l'atteindre sans se faire rattraper par une balle.

On lui a arraché son peignoir. Il est en short et toujours avec ses gants aux mains.

Les prisonniers autour de lui baissent les yeux au sol. Parfois, l'un d'eux demande pardon. Ça paraît étrange au jeune homme : pardon à qui ? pardon pour quoi ? Jusqu'à présent, François Gatama n'a été qu'un bon fils, un bon croyant, un bon boxeur. Il ne se souvient pas d'avoir fait quelque chose qui doive être pardonné.

— Je voudrais de l'eau, demande alors la femme avec l'enfant sur le dos.

L'un des miliciens la pousse sans ménagement.

Trois autres de ses compagnons entourent alors la jeune femme. Ils lui arrachent sa robe.

— T'es une belle putain, toi ! fait l'un d'eux.

Il la fait tomber à terre. Elle tente de protéger son bébé derrière elle mais les hommes commencent à lui asséner des coups de machette.

Le groupe des prisonniers se met à trembler comme un seul homme.

Tous les autres Interahamwes explosent de rire et des mots salaces fusent.

Les coups continuent à pleuvoir. Et sur la femme, et sur l'enfant.

Le bébé tourne alors son regard vers Gatama. Peut-être le supplie-t-il de l'aider. Gatama garde la bouche ouverte, sans pouvoir bouger un muscle.

Les coups de machette ne cessent plus.

— Vous payerez ça, murmure la femme avant de mourir.

Son bébé fixe toujours Gatama.

La lame d'une des machettes lui ouvre alors le crâne.

Le jeune boxeur, toujours paralysé, vomit. Il demande à Dieu de le faire mourir vite, sans souffrance.

Un coup de feu le sort de sa torpeur : une femme assise contre lui tombe à la renverse, la tête cassée par une balle.

Deux autres détonations claquent. Les deux prisonniers meurent sans un mot. Puis quatre miliciens saisissent les deux femmes restantes et les entraînent dans un immeuble au coin de la rue. Un tout jeune garçon qui doit avoir à peine quinze ans arrache les tee-shirts des prisonnières en leur crachant dessus.

— Et toi, le boxeur, tu as quelque chose à dire avant de mourir ? fait un type vêtu d'une veste de survêtement rouge écarlate.

Gatama croit comprendre que l'homme espère qu'il a de l'argent. Après tout, un boxeur peut avoir un peu d'argent, même au Rwanda. Mais l'homme à la veste rouge s'approche :

— Je suis l'inspecteur Sylvère Seromba. C'est toi qui as battu le Maillet, hier soir, hein ?

Le flic paraît réfléchir intensément.

Dieu n'a pas écouté Gatama, il ne le fera pas mourir rapidement et sans souffrance. Seromba l'aide à se relever sous les regards étonnés de ses hommes.

— Mon chef aimerait bien t'interroger, je crois.

~

Les gars serrent les mâchoires à s'en briser les molaires. Ce sont pourtant des putains de durs. Les chiens de garde de la France. La fine fleur de son armée. Mais les gars des 3e et 8e RPIMa serrent tous les mâchoires à s'en faire péter les molaires. La colère, le dégoût.

Certains ont dégueulé en voyant les cadavres atrocement mutilés sur les trottoirs et au bord des routes, autour de l'aéroport.

Des cadavres d'hommes mais aussi de femmes, d'enfants, de nouveau-nés. De nouveau-nés, démembrés, le crâne ouvert. Par centaines. Par milliers.

Et les miliciens hutus paradent dans la capitale, ils traquent les Tutsis et les Hutus modérés sans pitié. Lorsqu'ils ont vu passer les Français, ils les ont salués, le visage barré d'un grand sourire.

— Michel Platini est le plus grand ! a même crié un milicien qui portait un tee-shirt rayé blanc et noir de la Juventus, au passage des parachutistes.

Vingt-quatre heures après la mort du président Habyarimana, le massacre a déjà atteint des proportions cauchemardesques. Les Français sentent que ce n'est qu'un début. Certains officiers expliquent que le Front patriotique rwandais, une soldatesque venue de l'Ouganda voisin, massacre les Hutus dans le nord du pays. Les Hutus sont bien obligés de se défendre. Œil pour œil, dent pour dent, souligne même le commandant Girard face à ses hommes. Il répète son ordre de mission :

— Contrôler l'aéroport de Kigali, rassembler les

ressortissants français et évacuer. Point barre ! Leur guerre civile n'est pas le problème de la France.

En arrivant à l'aéroport, le capitaine Jean Dante, lui, n'a peut-être pas le recul et la connaissance géostratégique suffisants pour comprendre les enchevêtrements de la guerre qui oppose le FPR tutsi aux Forces armées rwandaises et aux milices Interahamwes. Il sait seulement que des femmes, des enfants et des nouveau-nés se sont fait tailler en pièces à coups de machette. Ça, sa foi chrétienne lui interdit de l'accepter. Girard a officiellement décidé de rester neutre mais, Dante l'a vite compris, il a officieusement choisi les Hutus plutôt que les Tutsis. Dante a décidé de passer au-dessus de son supérieur hiérarchique. Cela peut être considéré comme un acte d'insubordination grave. Mais il a vu le commandant Girard ordonner à ses soldats de repousser des Tutsis devant le portail de l'aéroport alors que les tueurs hutus exécutaient des civils dans les rues quelques centaines de mètres plus loin. Girard, lui-même, a assommé d'un coup de crosse de Famas un jeune type qui était parvenu à passer par-dessus les grilles.

Le gamin portait des gants de boxe aux mains. Des gants de boxe… qu'est-ce que c'est que ce pays de dingues ?

Les soldats ont rebasculé le gamin évanoui de l'autre côté du portail.

Qu'est-ce que ce gosse fichait avec des gants de boxe ? se demande depuis le capitaine Dante.

Dans un bureau de l'aéroport, il est debout à côté d'un soldat qui reste près d'un téléphone de campagne en ligne directe avec le chef action de l'opération Amaryllis. Dante tente de joindre le colonel Poncet. Il faut le mettre au courant qu'un massacre d'envergure est en cours et que les parachutistes français pourraient sécuriser une grande partie de la ville. Avec cent hommes, Dante se fait fort de mettre en place une zone de sécurité, au moins dans le quartier de l'aéroport. Mais il faut faire vite.

À l'autre bout du fil, un aide de camp du général s'inquiète que le capitaine veuille parler au chef d'opération.

— N'est-ce pas le commandant Girard qui est en charge du détachement destiné à sécuriser l'aéroport ? lui demande-t-il à plusieurs reprises.

— C'est une urgence, passez-moi le colonel Poncet, s'il vous plaît, se contente de répondre Dante.

Son interlocuteur reste muet.

— Ou alors, passez-moi le lieutenant-colonel Maurin, reprend Dante.

Cette fois, la ligne est coupée.

Dante rappelle le QG à l'ambassade de France. Il laisse sonner.

La seconde suivante, le commandant Girard pénètre dans le bureau. Un capitaine et deux soldats l'accompagnent.

— Vous faites quoi au juste, capitaine ?

Dante fixe son supérieur.

— On ne peut pas les laisser faire, commandant…

— Les laisser faire quoi, au juste ?

Girard s'est assis sur le coin d'un bureau. Le

capitaine Sauvée qui l'accompagne est son plus proche collaborateur, si on peut dire. Il sort une cigarette, la tend à son chef et lorsque celui-ci la coince entre ses lèvres, il dégaine son Zippo et l'allume. Une vraie scène d'un film de guerre des années quatre-vingt.

Les deux soldats sont des caporaux, des lèche-culs et des castagneurs.

Le commandant tire une longue bouffée sur sa cigarette et recrache la fumée vers le plafond dans un mouvement un peu trop théâtral, pense Dante.

— Les laisser empêcher que des tueurs venus de l'étranger viennent massacrer leurs gamins ? Vous feriez quoi si des mecs venus d'Algérie ou d'ailleurs venaient pour massacrer votre famille, capitaine ?

— Arrêtez vos conneries, commandant, ça n'a rien à voir…

— Mon cul que ça n'a rien à voir ! aboie l'officier supérieur en se levant du bureau. Si des mecs voulaient massacrer les vôtres, capitaine, vous leur foutriez sur la gueule. Je sais quel genre de soldat vous êtes : vous êtes un moine-soldat ! Et bien sûr que vous foutriez sur la gueule de tous ceux qui pourraient constituer une cinquième colonne.

Les autres sourient, ils suivraient leur chef jusqu'en enfer. Et à bien y réfléchir, l'enfer doit ressembler aux rues de Kigali, en moins violent.

— Cessez vos conneries, commandant ! hurle Dante en se levant à son tour.

Les soldats dans la pièce froncent les sourcils : Dante est un moine-soldat mais là, il dépasse les bornes.

— Ils tuent des femmes et des enfants ! Ils les violent, ils les éventrent, ils les écharpent... Une cinquième colonne ? Vous êtes devenu fou ou quoi ? Des femmes enceintes, des bébés, des vieillards...

Girard se place alors devant Dante, ce dernier peut sentir l'haleine chargée de tabac et de café mêlée au stress et à la fatigue. Les deux officiers sont de la même taille, presque de la même corpulence, à l'avantage peut-être de Girard. Girard a les cheveux grisonnants, Dante les a presque noirs. Mais ils sont du même moule : Saint-Cyr, les opérations extérieures en Afrique principalement, toujours le petit doigt sur la couture du pantalon, efficaces, rapides, très entraînés.

Le capitaine Sauvée a un petit sourire. Peut-être imagine-t-il un instant qu'ils vont régler son compte à cet emmerdeur de Dante. Les deux caporaux sont plus mal à l'aise, ce n'est jamais bon signe quand leurs chefs s'affrontent.

— Quoi qu'il en soit, reprend Girard d'une voix étonnamment apaisée, notre ordre de mission est clair : le détachement français adoptera une attitude discrète et un comportement neutre vis-à-vis des différentes factions rwandaises. Et nous allons nous en tenir à cet ordre de mission, capitaine !

Dante aspire une grande bouffée d'air. Il sent au fond de lui qu'il n'est plus seulement un témoin mais qu'il devient un complice. Il a du mal à trouver de la salive dans sa bouche.

— Compris, capitaine ? fait Girard en posant sa main sur l'épaule de son subordonné.

L'autre baisse les yeux, il ne trouvera pas la force

de s'opposer aux ordres. Complice et lâche, songe-t-il amer.

— À vos ordres, commandant.

Les cinq hommes sortent du bureau. Lorsqu'ils débouchent face au portail de l'aéroport, la foule a disparu. Quatre cadavres jonchent le sol.

La vingtaine de parachutistes qui garde l'entrée paraît bouleversée. Ils échangent quelques mots mais se taisent immédiatement lorsque paraissent leurs chefs.

Un lieutenant s'approche des officiers :

— Des types ont chargé les gens qui voulaient rentrer dans l'aéroport, explique-t-il d'une voix brisée. Ils avaient des sabres ou des machettes. Tout le monde s'est enfui. Il y avait des casques bleus au bout de la rue, ils n'ont rien fait.

Girard et le capitaine Sauvée s'approchent des grilles et regardent quelques instants les cadavres dans la rue. Trois femmes et un adolescent. Les deux caporaux discutent avec les soldats français, les félicitent de leur calme peut-être, leur expliquent sans doute que la France n'a pas à s'interposer entre les belligérants, que la situation est plus compliquée qu'il n'y paraît.

Au loin, sur l'avenue, un groupe de miliciens reste en observation. Ils saluent les Français à grands signes de la main. Ils arborent toujours de larges sourires.

Dante s'approche à son tour et, bizarrement, se sent soulagé de voir que l'adolescent mort ne porte pas de gants de boxe. Cette idée l'inquiète : qu'est-ce qui ne tourne pas rond dans ta caboche ?

se demande-t-il la bouche sèche et l'estomac douloureux. Il a une pensée furtive pour ses deux filles et sa femme – une pensée furtive et honteuse. Peut-être devrait-il dire une prière pour ces malheureux… mais rien ne monte en lui. Il a la sensation douloureuse que le chemin qui le relie à Dieu n'est plus aussi direct. L'inquiétude laisse place à une pointe d'angoisse : jamais auparavant il n'a ressenti cette sensation d'abandon.

— Les casques bleus de la MINUAR n'ont pas mandat pour intervenir contre d'éventuels massacres, lieutenant, dit Girard. Et nous non plus.

Il se retourne vers les parachutistes, fusils en main.

— Vous avez fait ce qu'il y avait à faire, les gars. Nous allons exfiltrer tous les ressortissants français de cette ville et nous regagnons Bangui. Restez calmes et continuez le boulot.

Il distribue quelques tapes amicales sur les épaules et fait signe aux deux capitaines de le suivre.

— Ce n'est pas si simple la neutralité, messieurs, dit-il avec un sourire peut-être sarcastique.

Un hurlement monte depuis une rue lointaine. Un hurlement dément qui glace le sang des soldats présents. Dante a cette idée étrange que Dieu a préféré, Lui aussi, rester neutre.

~

Dans le quartier de Kiyovu, sur une colline qui surplombe Kigali, l'église de la Sainte-Famille est une immense bâtisse de briques rouges, sa façade est rehaussée de hautes colonnes blanches. C'est l'une des plus grandes églises du Rwanda.

Depuis quarante-huit heures, des centaines d'hommes, de femmes et d'enfants affluent des quartiers environnants. Des Tutsis fuyant la mort, certains gravement blessés, coups de machette, de gourdin, de couteau et même blessures par balles ou éclats de grenades. De nombreuses femmes ont été violées et tabassées. Une humanité qui souffre dans son corps et dans son âme.

Le père Ferdinand et les sœurs de l'église tentent de les soulager. Un peu d'eau, parfois de la nourriture aux enfants et des prières. Ils n'ont rien d'autre à opposer au grand malheur qui s'abat sur le pays.

Le père Ferdinand Mukadutiye a entendu à la radio le speaker appeler au meurtre des Tutsis :

> *« Attrapez-les et faites-les souffrir. Faites-les souffrir, faites-les souffrir parce qu'à partir de maintenant, on ne rigole plus. »*

Son supérieur, le père Wenceslas Munyeshyaka est le vicaire de la paroisse de la Sainte-Famille. Il écoute sans arrêt la Radio des Mille Collines. Lui n'aide pas les réfugiés. Il porte un regard noir sur les femmes, surtout. Le père Mukadutiye l'a même entendu proférer des menaces contre certaines personnes qui voulaient simplement le remercier. Ils les appellent les *iyenzis*. Tout le monde sait que Munyeshyaka est proche du Hutu Power, comme beaucoup d'ecclésiastiques au Rwanda.

Dans la soirée, Munyeshyaka ordonne aux

autres prêtres d'aller se mettre à l'abri, de quitter l'église. Le père Mukadutiye a essayé de refuser mais Munyeshyaka a ostensiblement montré son pistolet 9 mm coincé sous son gilet pare-balles. Car il a revêtu un gilet pare-balles. Et il porte une arme.

Le père Mukadutiye et les autres prêtres ont quitté l'église en priant à voix basse, laissant le vicaire seul avec les réfugiés.

Dans le quartier, les Interahamwes ont érigé des barrages dans les rues et pourchassent leurs ennemis. Des cadavres jalonnent le parcours des prêtres, et leurs prières n'y font rien.

~

La pluie chaude tombe depuis que le jour s'est levé.

Dafroza Rwigyema ruisselle mais la pluie lui semble être une protection. Une protection presque insignifiante mais la seule contre les Igiteros, ces groupes mobiles de tueurs qui fondent sur les maisons où se sont réfugiés les Tutsis. La garde présidentielle et les milices Interahamwes ont mis la ville en coupe réglée : un barrage à tous les carrefours et aux sorties de la ville, des raids sur les quartiers tutsis.

À deux reprises, elle a évité la mort. Cette nuit, un homme a essayé de lui asséner un coup de son lourd marteau à tête de métal. Elle a esquivé et s'est enfuie en courant. L'homme boitait, il n'a pas pu la poursuivre. Mais ses cris ont alerté d'autres tueurs, plus jeunes, qui sont apparus dans la nuit.

Ceux-là allaient la coincer mais ils ont découvert une femme et deux enfants d'une dizaine d'années blottis dans l'ombre d'une ruelle. Eux, l'homme au marteau les a frappés jusqu'à ce que mort s'ensuive, sous les regards des autres miliciens. Ça a laissé le temps à Dafroza de disparaître.

Un peu plus tard, alors que le jour se levait et qu'elle traversait des jardins, des coups de feu ont claqué en sa direction. Elle a reçu dans le dos des éclats de pierre soulevés par l'une des balles. Elle a plongé au sol et en rampant, elle a réussi encore une fois à échapper à la vue des tireurs. Ils n'ont pas investi les jardins, sans doute persuadés de l'avoir tuée.

Alors, la pluie, peut-être, oblige les Hutus à rester à l'abri, à être moins efficaces dans leur chasse. Car comme tous les Tutsis, elle se sent comme une *abahigwaga*, une bête chassée. Elle sait aussi que la meute des chasseurs est très bien entraînée, très bien organisée. Les Forces armées rwandaises aident les miliciens et les ont armés depuis des années, tout le monde le sait au Rwanda.

Quant aux Occidentaux, Français ou Belges, qu'elle voit parfois passer dans leurs véhicules blindés, fonçant sur les avenues, ils ne l'aideront pas. Des fuyards ont crié que les Français tenaient l'aéroport mais c'est un cul-de-sac, jamais ils n'accepteront de les protéger. Elle a vu des parachutistes français assister à l'exécution d'un groupe d'hommes et de femmes. Les deux camions des soldats blancs ont ralenti au barrage, les Interahamwes étaient en train de frapper à coups de machette les crânes et les nuques, les soldats ont continué leur route. Les miliciens les ont même salués de grands signes de la main.

Kigali est devenu en quelques heures un piège mortel pour les Tutsis. Dafroza a décidé de quitter la ville et de rejoindre les collines. Là-bas, les Tutsis doivent se défendre. S'il le faut, elle se battra elle aussi. Des armes, des compagnons, un terrain propice et elle se battra. Elle mourra peut-être mais après s'être battue. En avançant, le dos au mur, elle se promet de ne pas mourir sans s'être battue.

Il lui faut escalader plusieurs palissades qui séparent des jardins, pénétrer dans plusieurs bâtiments sur la pointe des pieds pour atteindre les faubourgs. Elle a l'impression de retenir en permanence son souffle et ses mouvements. Le moindre bruit pourrait attirer les chasseurs.

Un peu avant midi, elle se faufile dans une école. Elle rentre par l'arrière après avoir traversé la cour où devaient jouer des enfants quelques jours auparavant, la veille peut-être seulement. Dans le couloir qui sépare les salles de classe, elle vomit une bile brûlante sur ses sandales. Elle tombe à genoux et sa main saisit une petite main sur le sol. Cette petite main appartient à un élève. Il y a des dizaines d'élèves et quelques adultes entassés dans le couloir, baignant dans du sang et des excréments. L'odeur est insupportable. Son estomac est pris de spasmes douloureux.

Elle repousse la petite main froide et toujours à genoux ressort dans la cour. Elle ne peut pas crier son horreur ou sa colère, les Interahamwes ne sont pas loin. Ils lui feraient payer cher sa volonté de survivre.

Il lui faut de longues minutes pour recouvrer son calme. Beaucoup de concentration aussi. Elle se relève, contourne l'école et regarde dans la rue. Un pick-up passe à une centaine de mètres, au croisement. Sur le plateau arrière, des miliciens ont posé un gros poste radio qui diffuse à tue-tête une chanson de Simon Bikindi. Dafroza connaît la chanson, « Njyewe nanga Abahutu ». Bikindi y exhorte à tuer les Hutus qui protégeraient les Tutsis.

Elle attend que la musique s'éloigne. Derrière la rangée de maisons face à elle, ce sont les collines, la fin de Kigali.

— Attention, fait une voix derrière elle.

Dafroza se retourne : une femme d'une trentaine d'années, une machette à la main, lui fait face. Elle ne sait pas quoi faire, ses forces ne lui permettront pas d'échapper à la machette. Et la femme ne doit pas être seule, ses complices sont sans doute juste à côté.

— Il y a des tireurs hutus là-bas, reprend la femme en montrant une boutique un peu plus loin sur la rue.

Elle pose sa main sur l'épaule de Dafroza et la tire contre le mur de l'école.

— Ils attendent ceux qui traversent la rue et leur tirent dessus. Regarde.

Devant la boutique, deux cadavres gisent sur la chaussée.

— Ce sont des bons tireurs de la garde présidentielle. Ils ne ratent jamais leur coup.

La femme à la machette a le visage dur. Elle montre son arme :

— Moi, je ne les laisse pas me tirer dessus.

Dafroza retrouve son souffle, les Tutsis se défendent donc. Elle sourit à la femme. C'est la première personne qui l'aide depuis sa fuite de Gikondo. Elle se sent tellement faible qu'elle éprouve presque du bonheur à la regarder et une immense confiance à son égard. Bien sûr, elle sait qu'elle devrait se méfier mais elle n'en peut plus de se méfier.

— Comment on peut sortir de Kigali ? fait-elle.

— Je vais te guider, répond la femme. Je m'appelle Marie-Ange.

— Moi, c'est Dafroza.

— Viens avec moi, Dafroza.

Marie-Ange, sa machette à la main, pose le pied sur le trottoir et s'avance dans la rue.

— Mais… et les tireurs là-bas ? fait Dafroza.

— Ne t'inquiète pas, Dieu tout-puissant veille sur moi.

Au milieu de la rue, sous la pluie, elle se met à marcher tranquillement comme si elle était invisible. Elle se retourne et dit avec un large sourire :

— Toi aussi il te protège, suis-moi.

On entend une explosion et quelques coups de feu dans un quartier plus au nord. Dafroza sursaute et s'avance dans la rue à son tour.

Les deux femmes passent devant la boutique. Le canon d'un fusil sort de l'obscurité mais les hommes cachés à l'intérieur ne bougent pas. Sur la chaussée, les corps d'un homme et d'une femme baignent dans une flaque d'eau. Leur sang se mêle à la boue.

Le corps de Dafroza tremble entièrement, sa tête bourdonne, la peur lui enserre la gorge de ses serres puissantes. Dafroza, pareille à un automate, calque ses pas sur les pas de la femme à la machette.

Elles arrivent au bout de la rue.

Là, on entend plus encore les fusillades qui résonnent entre les immeubles et remontent les rues et les avenues. Des cris émaillent parfois les détonations. Puis plus rien, pendant de longues minutes.

Dafroza observe Marie-Ange devant elle. Évidemment quelque chose ne va pas. Évidemment elle ne croit pas que Dieu puisse vous faire disparaître aux yeux de vos ennemis. Évidemment que c'est folie de suivre cette femme. Mais il n'y a rien d'autre à faire pour l'instant.

Bientôt, les maisons s'espacent et les terrains vagues se transforment en petites parcelles cultivées. Souvent, parmi les légumes, des corps gisent. Ici et là, des maisons ont été incendiées. Encore quelques centaines de mètres et ce seront les champs, puis les collines. On voit déjà les forêts, là où il sera possible de se cacher, de reprendre des forces et enfin de se défendre.

Au détour d'une route, apparaît alors un barrage. Le dernier de Kigali. Des miliciens, trois femmes et deux soldats, gardent l'arbre abattu qui coupe la route. L'une des femmes porte dans les cheveux un long voile de mariée, elle est vêtue d'un uniforme camouflage.

Une jeep de l'armée est stationnée, contre elle

trois hommes et un enfant sont accroupis, les mains sur la tête. Le cadavre d'une femme, sa robe relevée jusqu'à la poitrine, sa culotte déchirée lui faisant comme une jarretière, a été tiré derrière le véhicule.

— Ce sont des Interahamwes, ils vont nous tuer, murmure Dafroza.

— Dieu tout-puissant nous protège, reste calme.

Les deux femmes passent devant les hommes et des sourires illuminent leur face. Dafroza voit bien que certains miliciens la jaugent comme si elle était du bétail, ils la scrutent de bas en haut et ça les fait rire. Les militaires sont plus sérieux : sans doute voient-ils deux Tutsies qui passent au travers du filet et ça va à l'encontre de leurs ordres. Mais ils n'esquissent même pas un geste pour les retenir.

Marie-Ange, elle, regarde droit devant, elle est étonnamment sereine. Dafroza essaye de s'imprégner de son calme. Son corps est agité d'imperceptibles frissons. Lorsqu'elle s'éloigne du barrage, elle n'ose pas se retourner. Elle essaye de ne pas montrer sa peur mais elle tente aussi de se persuader que Marie-Ange a le pouvoir de neutraliser ses ennemis. Peut-être Dieu, peut-être un don. Parce que sinon, ça veut dire qu'elle s'est fait piéger et que tout ça va mal finir. Mais tout ça aurait dû finir dans la rue, sous les balles des tireurs embusqués, ou près du barrage sous les coups de machette des miliciens. Alors peut-être que Marie-Ange a le pouvoir de neutraliser ses ennemis.

Kigali n'a pas disparu derrière elles, on entend toujours distinctement les coups de feu, les explosions. Seuls les cris des suppliciés ont cessé.

La route est calme. Au loin, très loin, on voit parfois apparaître des gens qui courent un instant à découvert avant de se précipiter dans un bosquet ou dans un champ. Leur seule idée est de se dissimuler aux regards des Hutus. Ils ne sont que des bêtes traquées, paniquées et désemparées. Eux n'ont pas la chance de voyager avec Marie-Ange. Avec Dieu.

Le cœur de Dafroza retrouve petit à petit une cadence naturelle, ses muscles se libèrent de la tension extrême et son corps lui fait peut-être un peu moins mal. L'espoir renaît en elle. Marie-Ange est peut-être réellement investie de pouvoirs divins.

— Comment as-tu fait ?

La femme à la machette garde un visage impassible. Elle montre de la pointe de son arme un petit hameau, deux maisons et une grange non loin de la route.

— Nous allons nous reposer là-bas, dit-elle seulement.

— Il faudrait peut-être marcher encore, s'inquiète Dafroza. Ils ne sont pas loin, Kigali n'est pas loin.

Marie-Ange sourit.

— Il faut me faire confiance, entièrement confiance, Dafroza.

Que peut faire Dafroza ? Il ne lui reste que cette confiance en effet. Et puis, elle a l'intuition étrange que Marie-Ange survivra aux tueries.

Les deux femmes sortent de la route et coupent à travers champs. La pluie a changé la terre en boue collante, leurs pieds s'enfoncent, la marche est difficile. Oui, peut-être que s'arrêter n'est pas une mauvaise idée, un peu de repos, se mettre à l'abri.

Le hameau n'est plus qu'à quelques dizaines de mètres lorsqu'une voix s'élève :

« … ce sont des cafards, ce sont des meurtriers. Le Rwanda est la terre des Hutus… »

Dafroza se fige. Elle reconnaît la voix. Elle la reconnaîtrait entre toutes : c'est celle de la Radio des Mille Collines. Souvent elle l'a entendue provenant de chez ses voisins, dans le quartier de Gikondo. Le policier en face de chez elle l'écoutait fréquemment. Dès qu'elle entendait cette voix, le soir, sa mère se signait et psalmodiait quelque prière incompréhensible.

Sa mère doit être morte à l'heure qu'il est.

Marie-Ange aussi s'est arrêtée. Mais elle n'a pas l'air bouleversée. Sa machette se lève lentement, la lame s'approche du visage de Dafroza.

« Nous sommes majoritaires. Ils sont une minorité de traîtres et d'envahisseurs. Nous éradiquons l'infection… »

La lame ruisselante caresse la joue, passe sur le menton et touche sa gorge. Le regard de Marie-Ange a changé, la satisfaction d'avoir rempli sa mission s'y lit désormais. Et puis, un peu d'ironie aussi : quelle facilité de berner ces cafards tout de même.

De l'autre main, elle fait signe à sa prisonnière de la suivre.

La lame passe lentement sur la carotide.

« Nous les éliminerons tous ! »

Les deux femmes pénètrent dans le petit hameau. Cette fois Dafroza précède sa geôlière.

Derrière les deux maisons qui paraissent avoir été pillées, un petit van est garé contre la grange. Un drapeau vert, jaune et bleu ensoleillé est fixé sur la portière du conducteur. À l'intérieur, des jeunes filles, presque des gamines, ont été entassées. Elles sont immobiles, leur regard est fixe, vide.

Un homme, revolver à la main, s'approche. Il est trempé de la tête aux pieds mais semble se ficher de la pluie comme d'une guigne.

— Oh ! En voilà une très belle, dit-il. J'en connais qui vont être contents.

Dafroza a peur, vraiment très peur mais sa colère l'emporte sur la peur. La colère de s'être laissé piéger par faiblesse. Cette faiblesse, la sienne, celle des Tutsis, la répugne.

~

C'est en effet un policier, c'est certain.

Des miliciens Interahamwes et Impuzamugambis lui ont donné du « monsieur l'inspecteur ». C'était un peu ironique mais l'autre a paru flatté. Il a souri bêtement au volant de sa voiture.

— Vous êtes vraiment policier ? tente François

Gatama en essayant de se raccrocher à l'espoir que la police n'a pas cédé au meurtre collectif.

— Je suis inspecteur, je te l'ai dit. Bientôt inspecteur principal, si tu veux tout savoir. Inspecteur Sylvère Seromba. Et si tu es encore en vie, c'est parce que tous ces gens me respectent.

Il est fier, l'inspecteur Seromba. Gatama comprend aussi qu'il n'est pas très futé et que s'il sentait que son prisonnier lui manque de respect, il serait capable de faire usage du pistolet qu'il exhibe.

— Oui, ils vous respectent, ça se voit. Ils ont besoin de chefs comme vous.

L'inspecteur le regarde un instant. Puis il arrête la voiture devant un barrage tenu par des miliciens. Un officier de la garde présidentielle s'approche :

— C'est un *iyenzi* celui-là ?

Seromba a un sourire méprisant.

— Je dois le ramener au commissaire…

— Fais-le descendre, ordonne alors le militaire.

La porte passager s'ouvre et Gatama est extirpé sans ménagement du véhicule par deux jeunes miliciens.

— Regardez, lance un vieil homme qui tient une houe : le cancrelat se prend pour un grand boxeur, il n'a même pas quitté ses gants.

Ses collègues explosent de rire.

Un tout jeune milicien lui adresse immédiatement un coup de poing sur l'arcade sourcilière. Pas un vrai coup de poing, rien à voir avec ceux qu'il encaisse sur le ring. Mais autour de lui, les Hutus sont armés de machettes et aucune garde ne peut rien contre les lames effilées. Alors il crie comme s'il souffrait, il se laisse tomber à terre.

— Ah ! Ah ! rigole l'un des miliciens. Le boxeur cancrelat mord la poussière.

Le milicien laisse éclater un rire arrogant :

— Tu vaux rien, cancrelat. Je te casse la tête quand je veux.

L'officier repousse brusquement les miliciens.

— Tuez ce terroriste ! ordonne-t-il.

— Non, non ! crie l'inspecteur Seromba. Le commissaire veut l'interroger…

L'officier le repousse tout aussi violemment.

Gatama sait que le policier ne pourra pas le sauver cette fois, c'est un imbécile doublé d'un incapable.

Déjà les miliciens le forcent à se mettre à genoux. On lui hurle dessus qu'il est un espion à la solde des Belges. On l'insulte, on le bouscule. Le vieux milicien prend sa houe à deux mains et la lève au-dessus de sa tête.

— Ndahimana va pas être content…, geint l'inspecteur.

La main de l'officier saisit au vol le bras du vieux milicien, stoppant in extremis son geste de mort. Il se tourne lentement vers Seromba.

— Qu'est-ce que tu as dit, toi ?

Le flic le fixe, incrédule, apeuré aussi.

— J'ai dit que le commissaire Ndahimana ne va pas être content quand il saura que ce cafard est mort.

— Ton chef, c'est le commissaire Ndahimana ?

Seromba hoche la tête timidement.

L'officier semble soudain soucieux. Gatama sent qu'il vient de bénéficier d'un sursis qui rend nerveux les miliciens, on leur a promis du sang et voilà qu'on le leur retire avant qu'ils ne l'aient même goûté.

— Relâchez l'*iyenzi*, ordonne l'officier.

Son intonation ne laisse aucune alternative à ses hommes. L'inspecteur Seromba attrape Gatama par le bras et le tire vers sa voiture. Il le rassoit dans l'habitacle et contourne le véhicule en trottinant. L'officier peut changer d'avis à tout instant.

Il démarre. Un sourire se dessine sur ses lèvres.

— Tu as vu ? Moi, on ne me la fait pas.

Gatama sait désormais que sa vie ne lui appartient plus. Il n'y a que le hasard qui peut lui venir en aide. Ni le travail et l'entraînement, ni Dieu ou quelque divinité, ni l'inspecteur qui conduit avec son sourire satisfait, ni les Français, ni les Belges ne pourront empêcher son destin de s'accomplir. Ça doit être ça s'en remettre au hasard, se dit-il en laissant son regard divaguer sur les bords des rues où les cadavres parfois le fixent de leurs yeux vides.

Un autre barrage apparaît au détour d'une avenue. Des miliciens avec à leurs pieds des cadavres et un peu plus loin, sous la garde d'un homme armé d'un fusil, trois jeunes filles à moitié nues.

Mais cette fois, l'inspecteur Seromba explique tout de suite au chef des Interahamwes que c'est le commissaire Télesphore Ndahimana qui l'a spécialement chargé d'une mission.

— Je suis son adjoint principal, son bras droit et son ami, et il m'a demandé de lui ramener ce cancrelat pour qu'il puisse personnellement l'interroger.

Un officier de la garde présidentielle est présent. Il écarte les miliciens et passe la tête par la fenêtre du conducteur.

— Pourquoi il a des gants de boxe ?

Seromba regarde les mains de Gatama et garde la bouche ouverte comme s'il s'apercevait seulement maintenant que son prisonnier porte des gants de boxe.

— Il a essayé de se déguiser pour s'enfuir, lance-t-il sans trop réfléchir. Je l'ai démasqué. Le commissaire Ndahimana vous dira que je suis un très bon policier.

L'officier ne croit pas un seul instant le policier mais il a un travail à faire et tuer un maximum de Tutsis demande du temps.

— Vous pouvez y aller, accepte-t-il en s'écartant de la voiture.

Gatama croise les regards des miliciens. L'un d'eux porte des lunettes de soleil et un tee-shirt à l'effigie de Bob Marley, il passe son index sur sa gorge et crache un glaviot sur la vitre.

Seromba redémarre.

— Moi, on ne me la fait pas, répète-t-il.

Il roule encore quelques minutes et pénètre dans la cour d'un commissariat.

Des policiers en uniforme et en armes attendent dans des voitures et des camions en fumant des cigarettes. Il y a des soldats aussi, dans un coin. Ils sont regroupés sous un auvent, autour d'une table, et regardent des cartes et des listes de noms.

Apparemment ils sont occupés à effectuer un décompte macabre. Ces listes, Gatama comprend que ce sont celles des Tutsis à tuer. Tout le monde sait que des listes ont été établies il y a longtemps par le pouvoir hutu.

L'inspecteur Seromba le fait sortir de la voiture et le pousse dans un escalier qui mène au premier étage. Dans le couloir, dix hommes sont assis sur des bancs contre le mur.

— Tiens, voilà Sylvère qui nous ramène un gros poisson ! lâche l'un d'eux.

Des petits rires fusent : l'inspecteur n'est pas le plus zélé des fonctionnaires du commissariat. Ses collègues doivent savoir qu'il n'est qu'un magouilleur et qu'un cireur de pompes. Et les pompes qu'il aime à cirer quotidiennement doivent être celles de ce commissaire Ndahimana.

Seromba hausse les épaules sans répondre. Il frappe à une porte.

— Qu'est-ce que c'est ? hurle une voix à l'intérieur.

Seromba pousse son prisonnier dans le bureau.

— Regardez ce que j'ai trouvé, commissaire ! lance le flic dans un grand sourire de faux-cul.

Assis derrière un bureau, se trouve un homme d'une quarantaine d'années, son œil droit est atteint d'un strabisme divergent. Il porte une barbe et un costume clair, en lin sans doute. Devant lui, une plaquette annonce « Commissaire T. Ndahimana ».

Dans son dos, au mur, une grande affiche donne à voir Muhammad Ali, torse nu sur le ring. À l'époque, il doit encore s'appeler Cassius Clay. Sur l'affiche on peut lire une citation du boxeur : « Je fais juste mon boulot. L'herbe pousse, les oiseaux volent, les vagues échouent sur le sable, et pendant ce temps, moi, je frappe les gens. »

Le commissaire T. Ndahimana se lève de sa chaise. Ses yeux se plissent un instant, il fait le tour de son bureau et se place à quelques centimètres de Gatama. Celui-ci peut sentir son haleine chargée de cigarettes et d'alcool. Il voit surtout ses yeux rouler à plusieurs reprises sous l'effet d'une colère terrible.

— Putain ! Mais il faut que tu te construises une garde haute, François, grogne-t-il soudain.

Puis il envoie une grande tape sur l'épaule du boxeur. À cet instant, il s'aperçoit que le jeune homme porte toujours ses gants de boxe. Il hurle de rire.

— Tu as vraiment la boxe dans la peau, hein, garçon !

Il prend à témoin l'inspecteur Seromba :

— Tu as vu ça, Sylvère ? Les cancrelats meurent dans nos rues et celui-là il n'a pas quitté ses gants. La boxe, c'est vraiment quelque chose pour celui qui l'a dans la peau.

Il jette un coup d'œil méprisant à son second.

— Mais qu'est-ce que tu peux y comprendre, toi, au noble art, hein ? Tu dois être fan de football, hein ?

Seromba a un petit sourire penaud.

Le commissaire tire une chaise et pousse Gatama dessus.

— Sylvère, tu lui enlèves ses gants. Vite !

Seromba se met à genoux devant le boxeur et,

fébrilement, entreprend de délasser les gants. Il s'énerve puis sort un petit couteau à cran d'arrêt de sa poche. Lorsque ses mains sont enfin libres, Gatama présente les bandages qui descendent de ses poignets jusqu'à la racine des doigts. Le Vieil Adam faisait ça bien : ne jamais verrouiller le pouce et ne jamais protéger les têtes des métacarpes, disait-il à chaque fois qu'il bandait ses mains. Mais tout ça, c'est fini. Le jeune boxeur serre les mâchoires, il retient ses larmes : le Vieil Adam est mort, lui, il ne combattra plus jamais.

— Ben, comment on enlève ça ? fait Seromba en essayant de retirer les bandes de coton.

— Faut des ciseaux, dit Gatama d'une voix triste.

L'inspecteur hausse les épaules : il n'est pas idiot, il avait compris.

Le commissaire Ndahimana montre d'un index le cran d'arrêt posé sur le bureau. Son regard louche ne dissimule pas tout le mépris qu'il éprouve pour Seromba. Ndahimana n'est assurément pas homme à dissimuler ses sentiments.

— Fais vite, Sylvère, je dois parler à François. En privé, ajoute-t-il d'une voix impatiente.

Seromba n'a pas relevé le regard méprisant de son chef mais il fronce les sourcils en l'entendant appeler le prisonnier par son prénom. Et puis, l'empêcher d'assister à l'interrogatoire, ça doit toucher sa fierté de flic. C'est un peu comme l'exclure de la suite des opérations. Mais il ne dit rien.

Une fois les bandes retirées, Gatama tente de refermer les mains. Les articulations sont extrêmement douloureuses et la peau des paumes est brûlée d'avoir été trop longtemps enserrée dans les bandes. Mais tout ça n'est rien par rapport à la tristesse qu'il éprouve en pensant à son vieil entraîneur massacré par les Interahamwes. Cette tristesse lui fait mal au cœur, au ventre, à l'âme. Elle ne s'éteindra plus, craint-il.

— Allez, laisse-nous, Sylvère.

Ndahimana montre la porte, le bras tendu, l'index pointé.

Seromba sort, la tête basse.

— À nous, garçon, dit le commissaire en posant une chaise devant le jeune boxeur.

Et il lui frictionne les cheveux d'une main presque amicale.

~

Le capitaine Dante tend une feuille de papier au commandant Girard.

Girard lit. À côté de lui, le capitaine Sauvée lit par-dessus son épaule.

Le document est un télégramme du Quai d'Orsay transmis au commandement français de l'opération Amaryllis :

> *« Le département vous confirme qu'il convient d'offrir aux ressortissants rwandais faisant partie du personnel de l'ambassade (recrutés locaux) pouvant être joints, la possibilité de quitter Kigali avec les forces françaises. »*

Le commandant lève les yeux vers son subordonné.

— Je suis au courant, capitaine. Des mesures ont déjà été prises en ce sens.

— Laissez-moi prendre quelques hommes et trois véhicules, alors, mon commandant.

Le capitaine Sauvée a un petit rire narquois.

— Pour quoi faire au juste, capitaine ? fait l'officier supérieur en empochant la feuille de papier.

— Des gens sont passés devant les grilles de l'entrée tout à l'heure, ils ont dit que des femmes et des enfants étaient réfugiés dans une église à Kigali. Des dizaines. C'est l'église de la Sainte-Famille à Kiyovu.

— L'église de la Sainte-Famille, capitaine ? Vous croyez qu'Amaryllis est une croisade peut-être ?

Dante serre les poings.

— Je… je ne comprends pas, commandant…

— Les gens qui se réfugient dans une église sont forcément des chrétiens, de bons chrétiens qui se mettent sous la sauvegarde de Dieu, n'est-ce pas ? Vous ne pouvez vous résoudre à abandonner ces chrétiens ?

Dante reste bouche bée. Il n'y a même pas pensé. Ne pas avoir pensé que ces gens sont effectivement des chrétiens qui s'en remettent à Dieu le trouble. Et il s'aperçoit qu'il ne pense plus à Dieu.

— Et quand bien même, capitaine, ces femmes et ces enfants sont-ils des « recrutés locaux », comme le stipule le télégramme du ministère des Affaires étrangères ?

Nouveau rire de Sauvée.

Dante se tait. Évidemment que non, ces femmes et ces enfants ne font pas partie du personnel embauché par l'ambassade de France ou le Centre culturel français.

— Ce sont des femmes et des enfants, commandant.

Le commandant l'observe quelques secondes. Dante est un pur et dur et donc un fouteur de merde. Il a pourtant un sourire conciliant.

— On doit faire une sortie tout à l'heure pour récupérer des ressortissants. Je demanderai à l'officier responsable d'aller voir cette église.

Sauvée lance un regard étonné à son chef.

— Laissez-moi partir avec le convoi, commandant, continue Dante.

— Non, non, secoue la tête Girard, j'ai besoin de vous ici, à l'aéroport. Vous n'êtes pas formé pour ces opérations délicates.

— Laissez-moi accompagner nos hommes, commandant.

Girard secoue à nouveau la tête.

— Vous restez à l'aéroport, capitaine. C'est un ordre.

Puis, suivi de Sauvée, il quitte le bureau où est confiné Dante depuis qu'il a cherché à joindre le chef du déploiement opérationnel au premier jour de l'intervention française. Il est chargé de téléphoner chez les ressortissants pour s'assurer que tous les Français présents à Kigali ont été prévenus qu'on va les exfiltrer du Rwanda. Il a été mis au placard, en fait.

Par la fenêtre de son bureau, Dante regarde s'éloigner les deux officiers. Girard n'ira pas chercher les réfugiés de l'église. Mais il sent aussi qu'il y a autre chose, quelque chose que le commandant essaye de cacher. Une saloperie de l'armée française, une de plus, se dit Dante. Et aussitôt, il s'étonne d'avoir pensé ça. Comme le fait qu'il ne pense plus à Dieu, le fait qu'il pense que *son* armée puisse sciemment faire des saloperies est une nouveauté.

Un adjudant pénètre dans le bureau.

— Mon capitaine, dit-il, l'ambassade vient de nous dire qu'une mission militaire légère serait maintenue à Kigali après le départ d'Amaryllis.

Dante jette un regard étonné au soldat.

— Amaryllis doit quitter Kigali quand ?

— Selon l'ambassade, dans quelques jours.

Dante reste abasourdi.

— Mais… ce n'est pas possible…

— Moi, je vous répète ce que vient de me dire l'ambassade, mon capitaine. Il faut que vous disiez aux expatriés que s'ils ne peuvent rejoindre nos troupes dans les quarante-huit heures, ils doivent rester à l'abri et que les forces spéciales qui resteront après le départ des 3e et 8e RPIMa les récupéreront plus tard.

Dante décroche son téléphone.

— Disposez, adjudant ! ordonne-t-il.

À l'autre bout du fil, il demande à nouveau à parler au colonel Poncelet ou au lieutenant-colonel Maurin. Il outrepasse encore une fois les ordres de Girard.

Un commandant prend la communication.

— Est-il vrai qu'Amaryllis va quitter le Rwanda d'ici quelques jours ?

Le commandant répond qu'Amaryllis est en passe d'atteindre ses objectifs : protéger et évacuer les ressortissants français.

Dante réfléchit quelques secondes.

— Et est-il exact qu'une présence militaire française sera conservée à Kigali après le départ du gros des troupes ?

— Oui, une dizaine ou une vingtaine de personnels, je crois.

— Est-ce que je peux en faire partie, mon commandant ?

L'autre semble à son tour réfléchir quelques instants.

— Ça me paraît envisageable. Mais ça ne va pas être très amusant, vous savez.

Dante répond d'un borborygme étrange qui semble satisfaire son interlocuteur.

— Je vais faire le nécessaire, capitaine, lui assure-t-il.

~

La grande idée du commissaire Ndahimana est de constituer une équipe de boxe après l'extermination des cancrelats. C'est ce qu'il a expliqué à François Gatama dans son bureau en montrant l'affiche de Muhammad Ali.

— Lui, je l'ai vu à Kinshasa en octobre 1974. Il y avait 100 000 spectateurs, j'étais l'un d'eux. J'étais avec…

On croit un instant se dessiner un étrange sourire sur ses lèvres.

— J'étais avec une amie dans les gradins. Elle était tutsie comme toi.

Puis, soudain, il prend une posture de boxeur, poings sous le menton, grimace méchante sur les lèvres. Son revolver brille dans son étui. Accroché à sa ceinture, dans un fourreau, il y a aussi un couteau de chasse. La lame doit mesurer trente centimètres de long.

— Fallait voir ce qu'il lui a mis à George Foreman. Pauvre Foreman. Tout le monde criait « Ali boma ye ! ». C'était incroyable.

Il lance trois coups de poing dans le vide.

— Ali boma ye ! Ali boma ye !

Il redevient sérieux, l'air sombre même.

— Mais le grand vainqueur du match, ce n'était pas Ali. En réalité c'était Don King, l'organisateur du combat.

Gatama, comme tous les boxeurs africains, connaît forcément l'histoire de ce combat mythique.

Le commissaire observe le jeune boxeur. Il va démissionner de la police et avec l'argent et les biens récupérés chez les Tutsis, il compte devenir le « Don King de l'Afrique ». Voilà pourquoi il est en train de constituer une équipe. Et Gatama a sa place dans l'équipe. Dans sa catégorie, c'est le meilleur. La correction qu'il a infligée au Maillet quelques jours auparavant le prouve.

— Faudra seulement que tu montes ta garde, hein, garçon ?

Pourtant, même s'il est le meilleur boxeur de sa

catégorie, Gatama n'est qu'un cafard. Et les ordres sont d'écraser tous les cafards. Ça pose un gros problème au commissaire.

Il regarde un instant le jeune homme de ses yeux louches. Son regard se veut celui d'un scientifique : est-ce que son faciès et son corps sont vraiment le faciès et le corps d'un Tutsi ? Il essaye de se souvenir des critères morphologiques retenus pour déterminer si un Tutsi est un Tutsi – les lèvres doivent être fines, le front plat et le nez aquilin. Bon, Gatama a reçu pas mal de coups sur le ring, son visage en porte les traces, son nez est un peu aplati et ses lèvres lippues. Et bien qu'il soit grand et musclé, on pourrait ne pas le distinguer des Hutus, convient Ndahimana.

— J'ai quelques boxeurs plutôt prometteurs, reprend le policier. Ce sont des bons gars qui travaillent en ce moment. Des Impuzamugambis ou des Interahamwes. Certains sont même des policiers.

Il lui envoie une tape amicale sur l'épaule.

— Des plumes, des légers, des lourds et même un super-lourd. Mais pas de welter ou de super-welter. Toi, tu es le meilleur welter que je connaisse. Et en mangeant un peu, tu deviendrais un excellent super-welter, garçon.

Il repasse derrière son bureau et se laisse tomber sur son fauteuil. Son regard se perd un instant dans le vide, il se mord l'intérieur de la joue. Quelque chose le tracasse. Puis il saisit une pile de feuilles de papier, compulse les pages dactylographiées jusqu'à ce qu'il trouve ce qu'il cherchait.

— Tu vois, ça, c'est la liste des cancrelats à exterminer. Il y a aussi des Hutus qui aident les cancrelats. Mais, toi, tu as de la chance, tu n'es pas dessus. Toi, tu n'es qu'un tout petit cancrelat.

Il replace les papiers sur son bureau.

— Alors, voilà ce qu'on va faire : je vais te garder avec moi et puis quand tout se sera calmé, on dira que tu es un Hutu, un vrai Hutu.

Gatama semble terrifié.

— Ça peut être dangereux pour moi, tu sais. Sur ces listes, je te rappelle qu'il y a des Hutus qui aident les *iyenzis*. Je risque ma tête pour toi, garçon. J'espère que tu ne l'oublieras pas quand tu seras devenu le plus grand poids welter africain.

Le commissaire ouvre la porte de son bureau. Du regard, il passe un instant en revue les quelques flics qui patientent dans le couloir. Il hésite puis fait signe à un fonctionnaire en civil. Il saisit l'homme par le col.

— Jean-Bosco, tu me le gardes au chaud celui-là, dit-il en le tirant vers lui par le revers de son blouson. Je ne veux pas qu'on lui fasse du mal. Tu es responsable de lui.

Il prend le col du blouson à deux mains et approche la tête du policier à quelques centimètres de la sienne.

— Tu es armé ?

L'autre montre le fusil qu'il tient à la main.

— Bien. Tu es responsable de la sécurité de ce cancrelat, compris ? Si quelqu'un veut lui faire du mal, tu tues ce quelqu'un, compris ? Parce que s'il lui arrive quelque chose de fâcheux, c'est moi qui te tue. Compris, Jean-Bosco ?

Jean-Bosco hoche la tête.

Ndahimana le relâche. Jean-Bosco rentre dans le bureau.

— Lève-toi, ordonne-t-il au jeune boxeur, en feignant une autorité dont il est dépourvu.

Le commissaire observe le boxeur remonter le couloir accompagné de son subordonné. Il sait que la seule qualité de ce flic est son obéissance aveugle. Comme l'inspecteur Seromba – encore qu'il se méfie un peu plus de l'inspecteur – nombre de flics sur lesquels s'appuie Ndahimana ont peur de lui et lui obéissent sans moufter. François Gatama ne risque rien pour l'instant.

Il referme la porte derrière eux et se rassoit à son bureau. S'il est honnête avec lui-même, il ne sait pas comment tout ça va finir. Peut-être que les Tutsis vont tous être massacrés. Mais est-ce que les Occidentaux vont laisser ensuite les Hutus tranquilles ? Il n'en est pas certain. Tuer tant de monde, ce n'est pas rien. Cette équipe de boxe lui permettrait de s'en sortir. Et puis, si on commence à demander des comptes, il pourra toujours dire que lui, il a sauvé un Tutsi, François Gatama.

Ndahimana a appris qu'il ne faut jamais lâcher la proie pour l'ombre.

~

Jean-Bosco l'entraîne dans le couloir sous le regard satisfait du commissaire.

Jean-Bosco doit mesurer un mètre soixante, il paraît minuscule à côté de Gatama. Des flics assis sur un banc dans une cage d'escalier se marrent en les voyant descendre les marches.

— C'est un grand cancrelat que tu nous as trouvé là, dis donc ! dit l'un d'eux.

— Grand ou pas, on va l'écraser comme tous les cancrelats, parole ! assure un autre.

Jean-Bosco lève son fusil sous le nez des trois hommes.

— Si t'essayes d'y toucher au grand cancrelat, tu prendras une balle.

Les trois hommes se lèvent, l'air menaçant. Jean-Bosco n'a pas l'air d'être le plus respecté des flics du commissariat. Mais c'est un flic entièrement dévoué à son chef.

— C'est un ordre du commissaire Ndahimana ! lance-t-il.

Ça stoppe les trois hommes qui se rassoient instantanément sur le banc.

L'un d'eux a un rire un peu gêné en s'allumant une cigarette.

Jean-Bosco pousse son prisonnier de la crosse de son fusil. Ils descendent jusqu'au sous-sol du commissariat. La dizaine de cellules est vide. Pas un seul prisonnier, pas un seul alcoolique en dégrisement même.

— Y a personne ? s'étonne Gatama en remontant le couloir.

Au sol d'une des cages, il y a pourtant une flaque de sang et trois chaussures dépareillées. Le flic montre la cellule de la pointe de son fusil.

— Il y avait quatre ou cinq Tutsis en garde à vue quand l'avion du président a été abattu par les tiens. Ben, eux, on leur a fait payer la mort de Juvénal, je peux te dire.

Il ouvre une porte et pousse le jeune boxeur à l'intérieur.

— Les autres étaient des Hutus. Le commissaire leur a proposé d'intégrer les Interahamwes en échange de leur libération. En ce moment, on a d'autres choses à faire que de s'occuper de prisonniers, tu vois ?

Le flic referme la porte.

— Attends.

Il disparaît quelques instants au fond du couloir puis réapparaît avec deux pots en terre, un sourire satisfait sur la face. Il rouvre la porte et dépose les pots au sol :

— Tiens, dans celui-là, y a de l'eau pour boire. Et dans celui-là tu feras caca.

Il fouille dans les poches de son pantalon et en sort deux petites galettes de maïs et quelques caramels mous.

— Ça, c'est pour le repas de ce soir.

Il referme la porte.

Gatama est debout au milieu de la cellule, il fixe son geôlier, la bouche entrouverte.

— Allez, un peu de courage *iyenzi* ! Tu as à manger et à boire, un toit pour te protéger de la pluie. Tu as vu comme il pleut en ce moment ? Il y a beaucoup de monde qui aimerait être à l'abri. Alors bon, sois un peu courageux.

Le flic observe encore un instant le jeune homme.

— T'inquiète pas : je reviendrai bientôt. Mais j'ai beaucoup de travail à l'extérieur, dit-il en montrant son fusil.

~

Le commandant Girard a envie de casser la gueule de son subordonné.

Dante sent qu'il risque d'écoper d'un coup de poing s'il s'aventure à répliquer aux insultes de son chef.

— Vous n'êtes qu'une merde, capitaine.

Le capitaine Sauvée aimerait bien lui aussi casser la gueule à ce capitaine de merde. Il garde un œil sur les parachutistes en rang qui assistent à la scène. Girard passe un savon à Dante et Dante est plutôt un officier respecté par la troupe. Ce n'est pas toujours le cas de Sauvée, il est trop proche de Girard sans doute.

— Allez les gars, on embarque ! crie-t-il en montrant les Transall stationnés sur la piste de l'aéroport.

Les Français quittent Kigali. Amaryllis a été un succès, dit-on déjà. Les soldats rwandais ont déjà repris possession de l'aéroport. Quelques miliciens vont et viennent impunément dans l'enceinte à la recherche de Tutsis. Ce sont leurs affaires après tout, leurs sales affaires.

En rejoignant les Transall, les hommes ont le visage grave, certains sont tendus.

— Vous vous foutez de mes ordres, hein,

capitaine ? continue Girard, le visage à quelques centimètres de son subalterne.

Celui-ci se tait, le regard fixé sur les collines au-dessus de Kigali. Quelques soldats rwandais observent les deux officiers, amusés.

— Vous avez donc demandé à rester en observation avec les forces spéciales, capitaine ? Sans m'en demander l'autorisation ? Très bien.

— C'est le colonel Maurin qui m'a autorisé à rester à Kigali, commandant.

Girard serre les poings.

— Vous allez donc rester ici, capitaine, sourit-il soudain. Je me suis arrangé pour que vous soyez cloîtré à l'ambassade en tant qu'officier de liaison. Votre putain de croisade vous la mènerez dans un bureau de l'ambassade, à côté d'une radio.

Dante relâche sa position de garde-à-vous. Son visage a blêmi, Girard s'en est aperçu. Mais le commandant ne sait pas que Dante a blêmi parce que son chef a parlé de croisade et qu'il n'a pas demandé à rester à Kigali dans un souci chrétien. Autre chose l'a motivé : l'envie d'en découdre, de sauver des vies peut-être, de ne pas laisser faire mais rien qui ne s'approche de la charité chrétienne.

— Je vous ai réservé un bureau sans fenêtre à l'ambassade de France. Vous allez y être bien, capitaine.

Le sous-officier qui est resté près du commandant jette un coup d'œil à des miliciens Interahamwes qui sortent du bâtiment de la tour de contrôle. Ils sont six, armés de fusils, et poussent devant eux trois prisonniers. Des Tutsis qui travaillaient au contrôle aérien. Dante aussi les voit partir vers une mort certaine. Girard, lui, s'en fiche complètement.

— Sergent, dit-il au sous-officier, on y va.

Il tapote l'épaule de Dante.

— Vous, capitaine, des militaires rwandais vont vous escorter jusqu'à l'ambassade. Amusez-vous bien.

Le commandant Girard et le sous-officier se dirigent vers les avions. Les hommes des 3e et 8e RPIMa ont terminé leur boulot.

Dante, paquetage sur l'épaule et Famas à la main, rejoint l'entrée de l'aéroport. Une vieille jeep des FAR stationne, deux sous-officiers assis à l'avant.

— Bonjour, mon capitaine, lance celui qui conduit. Une petite balade dans Kigali, ça vous tente ?

L'un des soldats a un petit transistor, il écoute le speaker de la Radio des Mille Collines.

Le Français dépose son sac à l'arrière et grimpe dans le véhicule. Il serre son fusil d'assaut contre lui. Il serre les dents aussi car il sait que l'horreur n'a pas diminué à l'extérieur de l'aéroport, les cris ont peut-être décru mais c'est seulement parce que les Tutsis vivants sont de moins en moins nombreux.

Immédiatement, la jeep s'engage sur l'avenue qui borde l'aéroport.

Immédiatement, Dante a l'estomac au bord des lèvres. Des cadavres jonchent les trottoirs. Il y a de véritables tas d'hommes, de femmes, d'enfants, de jeunes et de vieillards, des formes autrefois humaines, désormais déformées par les coups de machette, de gourdin ou de couteau, des balles et des grenades ont abîmé les corps. Les barrières des barrages se lèvent au passage de la jeep. Les miliciens et les soldats sont toujours excités mais la fatigue se lit sur leurs visages. Ça fait plusieurs jours qu'ils traquent et tuent les ennemis du Rwanda. Leur détermination ne faiblit pas au vu des cadavres et des quelques prisonniers qui piétinent ici ou là. Les femmes, jeunes pour la plupart, sont à moitié dévêtues, leur regard est perdu quelque part dans le passé.

Des tirs retentissent toujours au loin. Des coups de feu mais aussi des armes lourdes. Des combats se déroulent toujours dans la capitale. Parfois des convois des Forces armées rwandaises remontent les rues.

— Le FPR est à nos portes, explique un officier des FAR à un barrage – il a un regard halluciné.

Puis il s'adresse à Dante :

— Il ne faut pas relâcher notre vigilance. Les Français vont nous aider à contenir les traîtres tutsis de Kagame, n'est-ce pas ?

Il lui tend la main. Dante hésite une seconde, se dit qu'à bout portant une balle de son Famas réduirait la sale gueule en bouillie, puis il prend la main.

— Merci pour votre aide, capitaine, dit l'officier.

La jeep repart.

— Alors qu'est-ce qu'ils disent ? demande le conducteur à son camarade.

— On va y arriver, tu vas voir, répond l'autre en montant le son de son transistor.

Le speaker se déchaîne mais le ton qu'il emploie est presque décontracté, amusé :

« Les fosses sont encore à moitié vides ! Aidez-nous à les remplir ! Formez des barrages ! Bloquez les infiltrations des cancrelats ! »

Dante se force à penser à ses filles et à sa femme. Elles vont bien, elles ne sauront jamais ce qui se passe ici. Alors tout va bien, tout va bien, se répète-t-il. Tout va bien parce que si ça va mal, il a vingt-neuf balles de 5,56 mm dans son chargeur pour les tueurs. Et une trentième pour lui.

TROISIÈME PARTIE

> En quoi le lion qui dévore un mouton, l'aigle qui chasse une colombe sont-ils plus féroces que la cigogne qui mange une grenouille, que l'hirondelle qui mange un insecte ? En rien ; mais ils sont redoutables pour l'homme, et celui-ci, fléau des animaux, n'admet pas que ses victimes puissent l'attaquer à leur tour.
>
> CAMILLE SAINT-SAËNS,
> *Regards sur mes contemporains*

Ça fait plus de vingt ans maintenant.

Plus de vingt ans que lorsqu'elle se met au lit, Dafroza Rwigyema a peur. Au début, elle avait peur de revoir les images, d'entendre à nouveau les cris, de ressentir la douleur dans son corps. Puis, elle s'est mise à supporter ces images, ces cris, ces douleurs qui revenaient en rêve. Ça a été assez rapide finalement. Un an, peut-être un peu plus. En supportant ces images, elle a perdu cette faculté de voir l'avenir. En réalité, elle n'a jamais vu l'avenir comme le voit une sorcière. Elle, elle était assez perspicace pour comprendre les signes avant-coureurs et pour en déduire ce qui allait arriver.

Rien à voir avec le pouvoir dont parlaient sa mère et les vieilles du quartier de Gikondo. Juste de la perspicacité.

Ensuite, elle a eu peur de ne pas réussir à s'endormir.

Et depuis lors, il est rare qu'elle arrive facilement à s'endormir. Ou alors, c'est parce qu'elle a avalé un anxiolytique avant de s'allonger. Depuis vingt ans, donc, quelque chose en elle refuse de céder lorsque la fatigue la submerge. Elle voit le sommeil comme un labyrinthe dans lequel il faut se perdre pour dormir. Mais elle, elle n'y arrive pas, à se perdre. Toujours, quelque chose la réveille au moment où elle se sent glisser dans le sommeil. L'angoisse précède donc désormais le sommeil. C'est quelque chose de difficilement explicable, la peur de ne pas pouvoir s'endormir. Surtout pour quelqu'un comme elle, considérée comme une battante, une femme de caractère, une survivante. Cette difficulté à trouver le sommeil et l'angoisse qui l'accompagne font pourtant de Dafroza une personnalité presque binaire chez laquelle la volonté de vivre côtoie la proximité du gouffre.

Cette nuit-là, à Rennes, sa boîte de Xanax est vide. Une erreur idiote, s'est-elle dit en vérifiant à plusieurs reprises sa trousse de toilette dans la salle de bains de l'hôtel Mercure, quelques heures auparavant. Au milieu des médicaments qu'elle doit prendre tous les jours, il n'y avait pas de Xanax. Et puis lorsqu'elle ferme ses yeux, les visages de Ferdinand Mugesera, de Casimir Nsegiyumya, de Marcel Bizamungu et de Boniface Nzabimana ne cessent de tourner dans son esprit. Elle ne peut s'empêcher d'éprouver un sentiment de délivrance devant les cadavres des génocidaires. Ce n'est pas un sentiment qu'elle aurait voulu éprouver mais elle ne peut l'empêcher.

Il est presque deux heures du matin lorsqu'elle sort de sa chambre. Il y a peut-être quelqu'un au bar de l'hôtel, en bas. Elle a envie de boire une infusion ou un thé vert, quelque chose de chaud.

Dans le couloir, elle aperçoit de la lumière sous la porte de la chambre voisine. C'est celle d'Anton Tue-mouche. Elle hésite un instant. Il faudra pourtant se dire les choses, reconnaît-elle en tapant légèrement sur la porte.

La porte s'ouvre. Tue-mouche est torse nu, en pantalon. Il a passé cinquante-sept ans mais il est bien conservé, les muscles de ses abdominaux, ses pectoraux et ses biceps sont respectables. On sent que quelque chose de plus que l'entraînement sèche son corps. Peut-être les souvenirs, la peur aussi.

Sur une de ses épaules est tatouée une sphère terrestre ailée qu'un glaive transperce de bas en haut. Et sur son abdomen des noms sont inscrits en italique : *Cambodge*, *Rwanda*, *Zaïre*, *Bosnie*, *Afghanistan*.

— Tu dors toujours trois heures par nuit, Monstre ? fait-elle en rentrant dans la chambre.

— Ne m'appelle pas comme ça, Dafroza.

Tue-mouche referme la porte derrière eux. Un ordinateur est allumé sur le lit, quelques dossiers papiers sont ouverts aussi. Dafroza reconnaît des fiches S émises par la direction générale de la

Sécurité intérieure. Des photos d'individus noirs y sont agrafées : des anciens dignitaires hutus, Dafroza les connaît. Ils sont donc sous surveillance au nom de la sûreté de l'État français.

Elle se penche sur les documents et en retire les trois notes S. Tue-mouche, dans son dos, la laisse faire. Elle passe en revue les trois fiches :

— Télesphore Ndahimana, Sylvère Seromba et… Marie-Ange Kagabo.

Elle marque un temps d'arrêt et inspire une longue bouffée d'air.

Tue-mouche lui tend un verre de vodka.

— Cul sec !

Elle boit le fond du verre d'un seul coup. Ça lui chauffe la gorge et l'estomac. Ça lui permet de pouvoir fixer la photo anthropométrique de la femme.

— Les services secrets français la surveillent, elle aussi ? fait-elle d'une voix cassée par l'alcool.

— Assieds-toi, Dafroza, conseille Tue-mouche en lui indiquant le fauteuil devant le lit.

Dafroza s'y assoit.

— Elle… elle est encore vivante ? fait-elle en secouant la feuille de papier comme si elle essayait de jauger son poids. Elle est en France ?

La fin de sa phrase s'est perdue dans un léger souffle.

Elle lève alors les yeux vers l'homme torse nu. Ses sourcils se froncent et son regard redevient dur.

— Et toi, Monstre, qu'est-ce que tu fais ici ?

— Ne m'appelle pas comme ça…

— Où étais-tu pendant toutes ces années ? Où étais-tu quand je n'allais pas bien, Monstre ? Tu sais que tout ne s'est pas arrêté après le génocide ? Tu sais ce que j'ai vécu quand tu m'as laissée tomber ?

Tue-mouche hoche la tête, ses cheveux argent brillent sous la faible lampe d'un plafonnier.

— J'ai su tout ça, oui. Tes conneries, la prison, la drogue, le tapin aussi.

— Et tu n'as rien fait ?

Les yeux de Dafroza tentent de percer la boîte crânienne de Tue-mouche, de lire dans ses pensées. Mais Tue-mouche secoue la tête lentement. Il semble dénué de doute, sa non-culpabilité n'est rien d'autre que la vérité.

— Je ne pouvais pas t'aider, Dafroza, je te le jure. Et lorsque je le pouvais enfin, tu étais devenue madame Dafroza Rwigyema, présidente de Contre l'oubli. Tu étais invitée sur les plateaux télé, l'amie des ministres et des artistes. Quelqu'un qui ne risquait plus rien.

— Oui, c'est juste. Et après que j'ai reçu ces deux millions d'euros de la part d'« un admirateur qui souhaitait rester anonyme ».

Dafroza se penche vers Tue-mouche et lui retire la bouteille de vodka des mains.

— C'était toi, hein, Monstre, l'admirateur anonyme ?

Elle se sert un verre, plus grand que le précédent. Elle rend la bouteille et s'envoie à nouveau le verre cul sec. L'alcool semble constituer une manière de rempart contre la colère.

L'homme aux cheveux argentés lui adresse un sourire.

Dafroza plisse les yeux.

— Quand je t'ai rencontré il n'y avait que *Cambodge*, dit-elle en montrant du doigt l'abdomen de l'homme. Je me souviens que tu as fait inscrire *Rwanda*. Mais les autres, je ne les avais jamais vus.

Elle sourit tristement.

— Qu'est-ce que tu as fait pendant toutes ces années, Anton ?

Tue-mouche hausse les épaules.

— Mon boulot, ici ou là.

— C'était quoi ton boulot déjà, trafiquant d'armes ou de drogue, quelque chose dans ce goût-là ?

Tue-mouche boit une rasade au goulot de la bouteille. Il se couche sur le lit et saisit un paquet de cigarettes sur la table de nuit. Il s'en allume une et tire une longue bouffée de fumée.

— Non, le trafic d'armes, c'était pas un boulot. C'est ce qui devait t'aider. Mais le fric est arrivé plus tard et plus difficilement que je ne l'avais prévu. C'est celui que je t'ai fait parvenir sous forme de « don anonyme », oui.

Il lâche un petit rire.

— Un peu tard, peut-être. Mais finalement, je n'ai jamais douté que tu puisses t'en sortir seule, sans fric.

— Je ne m'en suis pas sortie, Anton. J'y ai laissé beaucoup de moi.

Il acquiesce d'un mouvement de tête, fume encore quelques taffes en silence.

— Après t'avoir sortie de Rwumba, j'ai essayé de retrouver cette salope de Kagabo.

— Ça je sais, j'étais à toi à ce moment. Je savais bien que tu essayais de la punir.

— Oui, mais elle avait des relations jusque dans l'armée française, je crois. Je n'ai jamais vraiment su qui la protégeait. Je pense que si on m'a envoyé à Sarajevo c'est parce que j'allais finir par la choper tôt ou tard.

Dafroza et Tue-mouche se regardent sans un mot.

Il y a une sirène qui retentit quelque part dans les rues du centre-ville de Rennes. Des jeunes passent dans la rue, en bas, en riant. Une bouteille de verre se brise sur un trottoir.

— Pourquoi m'as-tu laissée, Anton ?

— Le business des armes commençait à prendre, le fric n'allait plus tarder à rentrer. Mais des flics, en France et en Afrique, devenaient suspicieux. J'étais presque dans la ligne de mire. C'est devenu très compliqué, très risqué. Et puis, mon régiment avait pas mal couvert les gens des FAR.

— L'armée rwandaise et aussi les Interahamwes et les Impuzamugambis qui se cachaient dans la zone de Turquoise, j'ai appris plus tard.

Tue-mouche acquiesce d'une grimace. Il boit une autre gorgée de vodka pour faire passer le souvenir.

— J'ai dû accepter d'aller en Bosnie. De la merde rwandaise à la merde de l'ex-Yougoslavie, il n'y avait pas beaucoup de différence en fait.

Dafroza acquiesce à son tour d'une même grimace.

— Oui, c'est ce qu'on a dit. Mais tu reconnaîtras que 800 000 morts en cent jours, c'est un score autrement plus mémorable que les 250 000 tués en neuf ans de l'ex-Yougoslavie.

Tue-mouche observe la Rwandaise. Ses traits n'ont pas beaucoup changé. Son regard par contre n'est plus du tout le même : rien à voir avec les yeux roulant sous l'effet de la peur et sans doute aussi de la résignation de la jeune fille qu'il a extirpée du sous-sol du bordel de Rwumba.

— Ces chiffres ne font pas beaucoup de différence pour une femme qui a perdu son enfant ou pour un enfant qui a perdu sa mère.

Les quelques mois pendant lesquels il a vécu avec elle, ce regard a parfois oublié la peur et quelquefois même, il y a perçu quelque chose comme de l'amour – une immense gratitude en tout cas qui n'était pas très éloignée de l'amour. Mais jamais il n'y avait vu cette détermination. Ça le rassure d'une certaine manière : Dafroza est devenue extrêmement forte. La conviction qu'il s'était forgée lorsqu'il l'a revue à la télévision ou dans les journaux, une conviction comme une excuse, est la réalité : ils ne l'ont pas abattue, là-bas, dans les cellules sordides du « Aux Madames », le boxon de Rwumba dans lequel Dafroza et des vingtaines d'autres jeunes Tutsies ont servi de putains aux miliciens et aux soldats des FAR d'avril à septembre 1994.

— Mais il est certain que plus d'un dignitaire nazi doit se retourner dans sa tombe en voyant ce que tes compatriotes ont réussi à faire en si peu de temps. Avec des machettes et quelques fusils.

— Tu es toujours aussi cynique, Monstre.

Tue-mouche termine la bouteille d'une grande

rasade. Il la lance dans la corbeille à papier sous le bureau à côté du fauteuil de Dafroza.

— Tu es toujours aussi belle, dit-il.

Ses yeux trahissent un désir étrange. L'alcool, mais pas seulement. Peut-être le désir de rattraper le passé, de se faire pardonner une absence qui aurait pu s'avérer fatale pour la toute jeune Dafroza. Il se lève et s'approche d'elle.

— Tu fais quoi, Monstre ? stoppe Dafroza en se levant.

— Je voudrais t'embrasser.

La jeune femme rigole. Son rire est trop long pour ne pas masquer la tragédie.

— J'ai le sida, Anton.

Tue-mouche se laisse retomber sur le lit. Il prend une autre cigarette, l'allume.

— Et alors ?

Dafroza paraît désarmée.

Elle a contracté le HIV dans les caves du « Aux Madames ». Souvent, elle se sent plus survivante du virus que du génocide. En fait le Monstre lui a sauvé la vie à Rwumba en 1994 et les traitements antiviraux la lui ont sauvée à nouveau en 1997. Elle regarde les volutes de fumée encombrer l'espace entre le plafond et la tête de Tue-mouche sans pouvoir ajouter un mot.

— Il faut que je dorme, dit-elle seulement. À demain, Anton.

Elle dépose les trois fiches de la DGSI sur le bureau et se dirige vers la porte.

— On pense que Marie-Ange Kagabo est en France, lâche alors Tue-mouche.

Dafroza se retourne.

— Elle y vit depuis le début des années 2000. Sous une autre identité évidemment. La DGSI la recherche, comme elle recherche l'ex-commissaire Ndahimana et l'ex-inspecteur Seromba.

— Tu travailles pour les services secrets français maintenant ?

Tue-mouche a un petit sourire. Il prend une chemise sur le lit et l'enfile.

— Je ne travaille plus pour personne. Disons qu'ils ont besoin de mon aide.

— Tu as toujours fait ce genre de distinction que seul toi comprenais, Anton. Tu étais officier de l'armée française mais tu n'aidais par les FAR et les Hutus. Tu vendais des armes mais c'était pour la bonne cause – me mettre à l'abri du besoin, en l'occurrence. Tu ne travailles pas pour les services secrets mais tu les aides. Tu crois vraiment que tu es mieux que les autres ?

Tue-mouche boutonne la chemise sans répondre.

— Pourquoi la DGSI recherche Kagabo et ces deux anciens policiers ?

L'homme aux cheveux gris se lève, il s'approche de Dafroza. Il esquisse un mouvement, peut-être pour lui toucher l'épaule, pour lui caresser la joue mais sa main retombe dans le vide.

— Tu as des nouvelles de François Gatama ? fait-il, le visage étonnamment impassible.

Dafroza rejoint le fauteuil et se rassoit. Elle sourit tristement.

— Il y a tellement longtemps que je n'ai pas entendu prononcer ce nom à haute voix.

Puis, ses yeux se plissent à nouveau, une fois encore elle tente de lire dans les pensées de l'homme debout devant elle. Elle hausse les sourcils, apparemment il lui faut quelques instants de silence pour digérer ce qu'elle vient de réaliser.

— C'est… c'est François qui est derrière ces meurtres ?

Son débit est haché, sa salive rare. Elle jette un coup d'œil rapide à sa montre : elle ne dormira pas de la nuit, c'est certain.

— Tu es en train de me dire que c'est François qui a découpé ces gens ?

Tue-mouche se rassoit lui aussi sur le lit. Il penche légèrement la tête.

— C'est l'hypothèse principale, oui.

Dafroza reprend les trois fiches S sur le bureau.

— Et eux, ce sont les prochains sur la liste ?

— C'est aussi une hypothèse.

Tue-mouche fait apparaître une cigarette au bout de ses doigts. Ces petits tours de magie amusaient les enfants à l'automne 1994 au Rwanda. Dafroza se souvient que des gamins qui avaient assisté au massacre de leurs parents et de leurs frères et sœurs, presque catatoniques depuis plusieurs mois, souriaient en voyant le Monstre faire apparaître et disparaître des cigarettes, des pièces de monnaie ou des bonbons. L'un d'eux, muet depuis la fin du mois d'avril précédent, lui avait demandé de faire réapparaître sa petite sœur. Le Monstre s'était tu mais il avait disparu le soir même. En le voyant rentrer le lendemain au petit matin, Dafroza avait compris qu'il avait vengé la petite sœur du gamin.

À sa manière. À la manière du Monstre. Combien avait-il tué de miliciens ou de soldat hutus lorsqu'il disparaissait la nuit ?

— Et depuis quand vous avez ces hypothèses ?

— Je ne peux pas te le dire. C'est *secret-défense*, comme ils disent…

— Depuis quand ? crie Dafroza en serrant les poings.

La sirène hurle à nouveau dans la rue.

Tue-mouche inspire longuement.

— Il faut que ça reste entre nous.

— Depuis quand vous savez que François a tué ces gens, Anton ?

— Depuis qu'un type qui a fréquenté les frères Kouachi a été interrogé par la DGSI. On a découvert une Kalachnikov et deux armes de poing chez lui. C'est Gatama qui lui a vendu. Le type nous a balancé que Gatama était en France – depuis très longtemps, tu étais au courant ?

Dafroza hausse les épaules.

Tue-mouche n'attend pas de réponse.

— Gatama lui aurait confié qu'il avait une mission à remplir et qu'il ne pourrait lui fournir d'autres armes avant longtemps. Le type n'a pas apprécié de se faire planter et il l'a suivi discrètement croyant qu'il allait vendre ses flingues à d'autres mecs. Peut-être qu'il voulait lui piquer sa marchandise, va savoir. Il l'a vu filer des individus, des Noirs : un autre prêtre dans l'Est parisien et un chauffeur de taxi, aussi à Paris. Quand la DGSI l'a serré, il avait déjà lu dans les journaux que deux Noirs, un taxi et un prêtre, s'étaient fait découper.

Il a balancé le truc en espérant que ça lui éviterait une trop longue peine de prison.

— On peut lui faire confiance ?

Tue-mouche hoche silencieusement la tête.

— Je suis persuadé que Gatama règle ses comptes, Dafroza. Il est devenu fou, il massacre tous ceux qu'ils croient coupables de la même manière que les Interahamwes massacraient les tiens.

Dafroza se lève brusquement.

— François n'est pas fou : ces gens sont coupables, murmure-t-elle.

Sa démarche n'est pas très assurée, son regard non plus.

— Peut-être, Dafroza, peut-être qu'ils sont coupables. Mais en France, il ne peut pas faire ce qu'il est en train de faire. Je ne le laisserai pas faire. Et le type qui dort à côté non plus.

— Tu en as tué combien au Rwanda, Monstre, hein ? Quand tu partais toute la nuit, tu en tuais combien ?

Tue-mouche ferme les yeux.

— C'était il y a longtemps. Et j'étais devenu fou.

— Il faut que je me repose.

Elle quitte la chambre en fermant presque délicatement la porte. Elle ne peut empêcher le clac de la serrure automatique de résonner.

~

Il lui en a fallu de la concentration et des talents de comédien pour ne jamais se faire coincer. Mais Dante a toujours aimé son métier. Même en revenant de Kigali, de ces deux mois passés enfermé dans un bureau de l'ambassade de France alors que la mort recouvrait tout le pays, que les tueurs devaient même être écœurés de tant tuer, qu'ils ne devaient même plus remarquer qu'ils ôtaient la vie d'hommes, de femmes et d'enfants surtout, il a réussi à les berner. Aucun psychologue ou toubib de l'armée n'a jamais reçu sa confession. Il a gardé pour lui les crises d'angoisse, les nuits sans sommeil et les doutes sur sa propre humanité. Même le bon Dieu n'y a pas eu droit, vu que le bon Dieu n'était plus son confident.

Bien sûr, désobéir aux ordres du commandant Girard à l'aéroport de Kigali en avril 1994 lui a valu une carrière moins prestigieuse que celle qu'on lui promettait avant le Rwanda. Mais finalement, il est parvenu au grade de lieutenant-colonel et dirige l'une des sections du Bureau de lutte antiterroriste. Dans quelques années, il prendra sa retraite avec la pension d'un colonel.

Depuis ces semaines d'horreur à Kigali, on peut dire qu'il ne dort plus. Fréquemment, il fait des nuits blanches. Ça lui est arrivé d'en faire deux ou trois de suite. Mais en général, une nuit tout de même réparatrice suit une nuit blanche. L'angoisse, il a appris à l'affronter, à la noyer dans des pensées plus positives. Lorsqu'il a divorcé, ce n'était pas chose facile mais globalement, penser à ses filles, à ses petits-enfants l'aide à repousser la panique.

Il y a eu une alerte l'année précédente, peu après les attentats du 13 novembre. Il a ressenti de violentes crises d'angoisse : les corps dans les rues de

Paris n'étaient pas loin de lui rappeler les corps dans les rues de Kigali.

Le bruit d'une serrure qui claque vient de le tirer de ses pensées.

Cette nuit-là, à Rennes, dans sa chambre de l'hôtel Mercure, il ne dort pas. Les corps découpés de l'estuaire de la Garonne, du terrain vague en région parisienne et désormais du champ en Ille-et-Vilaine l'ont tenu éveillé. Et puis, ne pas savoir ce que trament Dafroza Rwigyema et Anton Tue-mouche le rend nerveux.

Lorsque le matin précédent, ils ont pris la route tous les trois, il n'avait pas imaginé que ces deux-là se connaissaient. Dans le champ de Sens-de-Bretagne, il a vu le regard que la femme a adressé à l'homme lorsqu'il l'a soulevée de terre pour lui faire passer les ronces. Un regard qui venait de loin. Dante les repère ces regards qui parlent d'un passé révolu. Il se dit même que tous les deux, ils ont peut-être été amants, même si leurs corps et leurs personnalités semblent tellement incompatibles. Le fait qu'ils aient caché cette intimité prouve qu'ils préparent quelque chose ou qu'ils travaillent dans l'ombre. Pour qui ? Il soupçonne Tue-mouche de travailler désormais pour une quelconque agence de renseignement, la DGSI probablement. Il détesterait avoir raison et découvrir qu'on lui a collé une barbouze dans les pattes.

Rwigyema, elle, travaille pour elle, ça se voit. Mais c'est peut-être plus problématique. Plus dangereux même.

Tout à l'heure, dans le couloir, il a entendu une

porte s'ouvrir et se refermer – celle de la chambre de Dafroza Rwigyema. Puis, celle de la chambre de Tue-mouche s'est à son tour ouverte et refermée. De quoi ont-ils parlé pendant presque une demi-heure ?

Dante a essayé d'écouter en plaquant son oreille contre le mur. Il a même utilisé un verre comme amplificateur, comme dans les films d'espionnage. Ça n'a rien donné : l'isolation acoustique du quatre étoiles est parfaite.

Et puis à l'instant, il a entendu la Rwandaise ressortir.

Il est presque quatre heures et Dante sait qu'il est reparti pour une nuit blanche. Avec un peu de chance, il volera une ou deux heures de sommeil en fin de nuit. Une victoire seulement psychologique parce que son corps déteste ça, de quoi avoir la tronche froissée, à l'extérieur et à l'intérieur, pour la journée.

Rwigyema et Tue-mouche ne vont pas beaucoup dormir non plus.

Dante se recouche sur son lit. Il pense au vieux de Sens-de-Bretagne. Si des loups avaient pu démembrer les cadavres, ça serait bien moins compliqué, songe-t-il en fixant l'heure sur le réveil.

~

Télesphore Ndahimana tente de percer les ténèbres mais l'obscurité est profonde. Trop profonde pour son dernier œil valide. Le droit a reçu le coup – une décharge plus exactement, une matraque électrique ou un taser – et la paupière a tellement gonflé qu'il ne peut plus l'ouvrir. La douleur est terrible. Comme celle des liens trop serrés qui enserrent ses poignets et ses chevilles. Il ressent aussi une petite brûlure à l'épaule comme celle que l'on ressent après une piqûre. On a dû lui injecter quelque chose, un somnifère, une drogue peut-être. Et cette injection vient de le réveiller.

— Y a quelqu'un? fait-il.

Sa voix trahit sa peur, elle chevrote étrangement. Sa langue est pâteuse et des vertiges lui assaillent le cerveau. La drogue fait effet.

— Qu'est-ce que vous voulez? reprend-il.

Là, sa voix a perdu cette intonation apeurée. Elle est toujours hésitante, ses mots ne viennent pas facilement. Ce n'est pas désagréable, songe-t-il. Et rapidement la douleur à l'œil s'estompe. Il se sent bien dans l'obscurité, c'est étrange.

Il est couché sur une bâche de plastique et une odeur de graisse de moteur lui pique le nez. L'endroit doit être assez grand car sa voix résonne un peu.

Il ne ressent plus ses liens. Ses mains et ses pieds ne sont plus des poids trop gonflés de sang. Il se sent vraiment bien. Qu'est-ce qu'ils m'ont injecté? se demande-t-il en tentant d'onduler sur le sol alors que la peur revient lui étreindre la gorge et l'estomac.

Il ne peut plus bouger. La seule chose qui bouge en lui, ce sont ces vagues de terreur qui traversent son corps.

— Arrêtez ça…, marmonne-t-il en bafouillant.

Sa bouche est sèche et sa langue râpeuse comme du papier de verre. Il a très soif.

La lumière s'allume.

Deux projecteurs braqués sur lui l'aveuglent totalement.

Il lâche un borborygme presque comique.

Une silhouette apparaît entre les projecteurs. Elle s'immobilise. Télesphore Ndahimana voudrait la supplier, lui dire qu'il a des petits-enfants et qu'il n'a rien fait qui puisse lui valoir de souffrir. Mais les mots ne viennent plus. Alors il grogne des sons incompréhensibles, il miaule comme une bête, il bave une salive épaisse, et il s'urine dessus. De toute sa vie, il n'a jamais été la proie d'une telle terreur, il serait prêt à tout pour la faire cesser.

Au Rwanda, il en a vu des hommes et des femmes se laisser aller à de telles extrémités lorsque les coups pleuvaient. Les enfants, eux, étaient moins pitoyables : leurs regards trahissaient la peur, l'incompréhension face aux adultes qui leur faisaient du mal, mais jamais ils ne s'avilissaient comme leurs parents.

C'est ça, pense Ndahimana entre deux tentatives pour retrouver une respiration normale. C'est le Rwanda, ce sont les événements de 1994 qui expliquent cette mise en scène. Ça ne peut être que ça. Parce que après, Ndahimana a fui Kigali avec les miliciens dans le sillon des Forces armées rwandaises que le FPR et les Tutsis ont mis en déroute. Comme tous les Hutus qui le pouvaient, il s'est réfugié au-delà des lignes tenues par les militaires français de l'opération Turquoise, au sud-ouest du pays.

Les semaines suivantes ont été celles d'une attente dans un camp surpeuplé de réfugiés dans la région du Kivu, au Zaïre. Le choléra s'est répandu à une telle vitesse qu'au bout de quelques jours il a fallu enjamber les cadavres dans les allées boueuses. On a parlé de 15 000 morts chaque semaine. Plusieurs de ses hommes, des flics robustes et jeunes, l'ont attrapé, leurs femmes et leurs enfants aussi. Le commissaire les a vus mourir. Le processus était à chaque fois le même, rapide, imparable. En trois jours, leur peau s'est desséchée et écaillée comme sous l'effet d'un soleil brûlant. Leur corps s'est vidé, sang et merde se répandaient sous les tentes.

Alors, il s'est échappé du camp. Il n'a pas hésité. Et son argent lui a permis d'obtenir des sauf-conduits. Parmi les membres du Hutu Power, les miliciens et les Forces armées rwandaises, son nom était connu, sa réputation aussi, nul n'aurait pu imaginer qu'il s'enfuyait comme un lâche. Pourtant, le choléra, mais aussi l'indignation internationale face aux atrocités commises qui commençait à naître, tout puait la mort autour de lui. Il a décidé de se faire oublier, de changer d'identité. Son argent lui a encore permis de s'envoler pour la France.

C'est pour ça qu'il est là, immobilisé par une drogue sur une bâche en plastique. Ça lui apparaît comme une évidence.

La silhouette s'approche de lui. Elle tient une seringue. Le faisceau des projecteurs est trop puissant pour qu'il puisse distinguer les traits. Mais il voit les cheveux crépus, des cheveux d'Africain. La stature est haute, le corps musclé. Il émet un son étrange, entre le grognement et la toux, ce qu'il peut émettre pour dire la peur animale qui l'envahit : son geôlier est un Tutsi, un cancrelat, un cafard, un *iyenzi*.

L'aiguille pénètre dans la peau de l'autre épaule. Aucune douleur.

— Ibuka, dit la silhouette.

Cette voix.

Mon Dieu, cette voix.

— L'heure de la sentence est passée depuis longtemps. Nous voici à l'heure de l'exécution de la peine. Tu croyais y échapper, n'est-ce pas ? Tu croyais mourir tranquillement de vieillesse sans jamais avoir à payer pour tes crimes, hein ? Crois-moi, tu ne vas pas mourir tranquillement. J'en ai fait le serment il y a plus de vingt ans.

François.

C'est toi François. Tu es vivant ?

La peur se mélange à un grand soulagement. Comment est-ce possible ? Pourtant Ndahimana, comme écrasé par une chape de plomb, a le cœur presque agréablement titillé par la présence de François Gatama.

Celui-ci passe deux serre-joints en plastique autour des cuisses – des garrots de fortune.

Un bruit assourdissant se fait alors entendre et la silhouette lève un engin avec une roue circulaire qui projette des gouttes d'un liquide, peut-être de l'huile. Une meuleuse à ciment !

— Tu vois, lorsque la justice ne fait pas son

travail, il faut le faire à sa place. Parfois dans l'histoire, des individus, seuls, doivent prendre le relais de la justice qui s'est compromise.

La lame s'approche du pied droit du prisonnier et pénètre la chair. Le sang gicle, des bouts d'os volent mais Ndahimana ne sent rien. Ses nerfs doivent pourtant réagir car son corps est pris de violents soubresauts, mais il ne souffre pas.

Le pied se sépare de la jambe.

Ndahimana ne peut s'empêcher d'être fasciné quelques instants. Puis il comprend ce qui va arriver. La scie pénètre sa jambe au-dessus du genou et s'enfonce dans la chair. Du sang éclabousse toute la scène, il coule en ruisseau sur la bâche plastique.

François, François, tu ne vas pas faire ça ! Pas toi ! Arrête pour l'amour de Dieu.

Tu ne sais pas ce que tu fais, François.

Rappelle-toi, je t'ai sauvé des Interahamwes et même des flics du commissariat.

Sa jambe droite n'est plus.

Tu es fou, François ? Tu ne peux pas t'abaisser à ça ? Tuer les gens, c'est une chose – je le sais mieux que quiconque – mais les tuer de cette façon, c'est… diabolique.

La meuleuse sectionne ensuite le pied gauche puis coupe la jambe gauche en deux.

Un début de douleur remonte dans le ventre de Ndahimana. Toutes les drogues ne pourraient pas empêcher le corps de souffrir de cette violence qui lui est faite. Évidemment qu'il va souffrir.

La silhouette pose la meuleuse sur la bâche et

serre à fond les serre-joints, le sang cesse presque de couler.

— Tu commences à payer, n'est-ce pas ?

Arrête ! Arrête ! Il faut que je te dise… Je t'ai cherché partout après avoir quitté le Zaïre. Pendant des années, je t'ai cherché mais il fallait que je disparaisse moi aussi, je n'avais pas beaucoup de moyens pour te retrouver. J'ai bien vu que tu avais repris la boxe en 1996. Et puis tu as disparu. J'ai continué à te chercher mais tu avais complètement disparu.

— Ce n'est pas terminé. Si tu veux prier ou seulement penser à tout le mal que tu as fait, vas-y. Il est temps de faire face à tes crimes, commissaire.

La silhouette pose deux serre-joints sous les aisselles. Cette fois, il les serre au maximum. La lame circulaire avance et il ne lui faut que quelques secondes pour séparer la main droite de l'avant-bras.

Des aiguilles chauffées à blanc transpercent alors le cerveau de Ndahimana. Il n'aurait jamais imaginé qu'une telle douleur fût possible. Il aimerait se cogner la tête contre un mur.

La scie coupe alors le bras juste au-dessous de l'épaule.

Ndahimana a envie de hurler. Il a tant de choses à dire à son bourreau. La douleur indicible, la solitude d'être prisonnier de ce corps qui diminue inexorablement, l'horreur de la mort et de l'inconnu qui suivra ne sont finalement rien face à ce silence qu'on lui impose.

François, écoute-moi. Écoute-moi quelques instants. Il faut que je te dise…

Mais la scie s'est attaquée à sa main gauche. Sa montre glisse du bras, le bourreau l'écrase d'un coup de talon.

Quelque chose se calme en lui. A-t-il compris que toute résistance était désormais inutile ? L'instinct de survie est inutile. C'est incroyable mais Ndahimana s'est résigné à mourir. De toute façon, il ne sera bientôt plus qu'un homme tronc. Alors, mourir ça vaut mieux. Il sait aussi qu'il va aller en enfer.

En 1994, pendant le massacre des cancrelats et même les années suivant cette saison de meurtres, il croyait que Dieu, Lui-même, avait conduit la main des Hutus. Ou en tout cas, que s'Il avait laissé faire, c'est parce qu'Il n'était en rien opposé à l'éradication des Tutsis. Mais cette croyance s'est émoussée. Ça fait presque quinze ans qu'il n'a plus beaucoup d'illusion. L'âge avançant, il sait qu'il ira en enfer. Il ne regrette rien : à l'époque, il a fait ce qu'il avait à faire. Mais parfois, les choses que l'on doit faire sont des crimes et Dieu n'est pas criminel. La certitude qu'il n'ira pas au paradis l'a gagné petit à petit. Il s'y est résolu.

Avant d'aller en enfer, il voudrait pouvoir dire quelques mots. Seulement quelques mots.

Tu entends, François ? Tu entends ma supplique ? Écoute-moi pour l'amour de Dieu !

Son abdomen est soudain rempli d'une lave en fusion. Son cerveau brûle sous son crâne et ce qu'il reste de son corps n'est plus que souffrance.

François… Tu te souviens de la première fois

que tu es venu dans mon bureau au commissariat à Kigali ? Tu te souviens de l'affiche de Muhammad Ali ? *« Je fais juste mon boulot. L'herbe pousse, les oiseaux volent, les vagues échouent sur le sable, et pendant ce temps, moi, je frappe les gens »*, tu te rappelles ?

Voilà, Télesphore Ndahimana n'est plus qu'un homme tronc.

Il n'entend plus le bruit de la meuleuse, ni aucun bruit d'ailleurs. Il ne voit plus qu'une lumière très blanche provenant des projecteurs, la silhouette, la scie circulaire, toute autre chose a disparu.

Tu te rappelles alors que je t'avais dit que j'étais dans les gradins lorsque Muhammad Ali a terrassé George Forman à Kinshasa en 1974. Je t'ai dit que j'y étais avec une amie. Eh ben, c'était une Tutsie. Belle, intelligente, pleine d'humour, elle était bien plus qu'une amie, tu t'en doutes. Je peux te le dire maintenant : je n'ai jamais aimé une femme comme je l'ai aimée, elle ! Tu y crois ça ? Moi, amoureux fou d'une cancrelat ?

Ndahimana ne voit plus qu'une immense vague grisâtre, ses yeux ont cessé de fonctionner. Il sent quelque chose frôler sa pomme d'Adam. Ça dure une ou deux secondes. Puis la lame arrache la peau, pénètre sa gorge, ouvre la trachée. Le sang et le cartilage s'engouffrent dans sa bouche. Il ne peut même pas cracher, il s'étouffe.

Tu ne comprends donc pas ce que je veux te dire, François ?

Sa tête est tout d'un coup trop lourde pour son cou. Elle vacille presque. Roule sur le côté.

Cette femme, François, c'était ta mère…

Un craquement lent résonne dans sa nuque : ses vertèbres cèdent.

Sa tête tombe en arrière.

François, mon fils…

~

Après Le Mans, Dante a donné un coup de volant et la voiture s'est engagée sur la voie menant à l'aire de repos de la Martinière. Un peu trop brusquement.

Dafroza Rwigyema a poussé un petit cri.

La cigarette de Tue-mouche a roulé entre ses cuisses :

— Putain de merde ! a-t-il grogné en tapant sur son entrejambe.

Il l'a immédiatement rattrapée.

— Vous êtes devenu dingue, colonel ?

Dante a garé la voiture un peu à l'écart de deux semi-remorques.

— Il faut qu'on discute, vous deux et moi, dit-il en se retournant vers Dafroza.

Tue-mouche regarde sa cigarette : le bout incandescent pend du tube. Il fait glisser la vitre de sa portière et lance la cigarette au loin, d'un air écœuré.

Le soleil venait juste de se lever lorsqu'ils ont quitté Rennes. Un peu avant six heures, ils se sont retrouvés dans la salle du restaurant de l'hôtel. Sans un mot. Café noir pour tout le monde. Seul Tue-mouche s'est enfilé trois croissants et un verre de jus d'orange. Il a repris un café aussi.

— Ça fait du bien, a-t-il déclaré en faisant apparaître une cigarette au bout de ses doigts.

Puis plus rien. Plus un mot lorsqu'ils sont montés en voiture, plus un mot sur le chemin du retour vers Paris. Jusqu'à ce que Dante fasse cette embardée pour rejoindre l'aire de repos.

— On va jouer cartes sur table, dit-il en essayant de sourire patiemment. On se dit tout. Vous, Dafroza, vous me dites ce que vous savez et ce que vous inspirent ces cadavres.

Dafroza le fixe de son regard dur.

Il se tourne vers Tue-mouche :

— Et vous, vous me dites pour qui vous marchez. Et ce que vous foutez là, au milieu de cette enquête !

Tue-mouche laisse son regard divaguer au-delà du pare-brise. Il a l'air de s'ennuyer, comme un gosse au fond d'une salle de classe.

Les quelques secondes silencieuses qui s'écoulent ne changent rien à l'affaire : Dafroza Rwigyema et Anton Tue-mouche se fichent complètement des angoisses existentielles et professionnelles du gendarme. Ils ne diront rien, et surtout pas sur une aire de repos, un matin d'avril.

— Fait chier ! lâche Dante.

Il dégaine son téléphone portable sous le regard presque amusé de Tue-mouche. À l'arrière, Dafroza n'a pas bougé.

— Colonel Dante du BLAT. Passez-moi madame la juge Hidalgo, je vous prie.

Dans le rétroviseur intérieur, il a vu les sourcils de Dafroza se froncer. Tue-mouche, lui, sort du véhicule, une cigarette à la main. Il s'appuie contre l'aile avant droite et fume tranquillement.

— Bonjour madame, reprend Dante. Je souhaiterais qu'on se rencontre le plus rapidement possible.

Un silence.

— Oui et avec madame Rwigyema et monsieur Tue-mouche. Pour tout vous dire, je ne vais pas continuer dans ces conditions. Il faut qu'on clarifie les choses parce que…

Autre silence.

— Très bien. Nous arrivons à Paris dans deux heures, maximum. À tout à l'heure, madame la juge.

Il raccroche et croise le regard de Dafroza dans le rétroviseur.

— Ne soyez pas paranoïaque, colonel, dit-elle.

— Je ne suis pas parano, je n'aime pas que l'on me prenne pour un con.

Pour la première fois, un petit sourire se dessine sur les lèvres de la Rwandaise :

— Ça, je peux comprendre…

Ses longs doigts fins et noirs se posent sur l'épaule du gendarme :

— Peut-être qu'on doit clarifier quelques points, en effet.

Dante observe Dafroza. Qu'est-ce que tu as dans la tête ? Qu'est-ce qu'on peut avoir dans la tête quand on a vécu ce que tu as vécu ?

Il se penche et voit son reflet dans le miroir : et puis comment peut-on encore faire confiance à un Français quand on a vécu ce que tu as vécu ? À un homme, même ?

Il baisse le carreau de la portière passager :
— On y va, lance-t-il à Tue-mouche.

~

C'est quand même terriblement déprimant la campagne sarthoise. Ces champs uniformes traversés par des pylônes électriques, ça lui mettrait presque le cafard. Le cafard. Tiens, ça fait très longtemps qu'il n'a pas employé ce mot, cette expression. Il se demande même s'il l'a employé depuis le Rwanda. Les cafards, les *iyenzis*…

— On y va.

Tue-mouche lance un regard au colonel Dante. Il a l'air plus détendu, le pandore. Il a téléphoné, sûr qu'il s'est assuré la protection d'un de ses supérieurs.

L'homme aux cheveux argent envoie d'une chiquenaude sa cigarette dinguer dans les arbustes et regagne la voiture.

— Décidément, vous voulez que j'arrête de cloper, hein, colonel ? C'est ça votre vraie mission ?

— Je veux que vous arrêtiez de vous foutre de ma gueule, Tue-mouche. Le reste je m'en contrefous. On a rendez-vous avec la juge Hidalgo dans trois heures.

Tue-mouche fait un mouvement du menton un peu amusé. Les gendarmes lui ont toujours donné l'impression d'être des demi-soldats, trop proches des civils pour vraiment appartenir à l'armée. Là, le colonel Dante s'est mis sous la protection d'un juge, ça le ferait presque rire.

Mais Tue-mouche sait qui est Justine Hidalgo. C'est une emmerdeuse. Elle a en charge le pôle « Génocide et crimes contre l'humanité » au TGI de Paris. Elle s'est mis en tête de pourchasser tous les génocidaires hutus cachés sur le territoire français. Elle aussi a une mission sacrée et elle la mènera à son terme. Du moins le croit-elle. Car Tue-mouche sait bien que les criminels de la trempe de ceux que poursuit la juge s'en sortent souvent à bon compte. Quelques têtes d'affiche payent, beaucoup de lampistes aussi – mais jamais ceux qui ont vraiment du sang sur les mains, et dans la tête. Et puis, quelque chose gêne Tue-mouche dans cette vengeance menée des décennies plus tard. Alors qu'à l'époque rien ou presque n'a été fait là-bas, au Rwanda, pour arrêter les tueries. Quelque chose le gêne alors que lui-même s'est laissé aller à des actes atroces lors de l'été 1994. Mais il était fou, à l'époque, se répète-t-il.

Il sait qu'Hidalgo va l'emmerder, remettre en ordre la hiérarchie au sein de cette putain d'enquête. Le colonel Dante est le chef puisque c'est le seul officiellement habilité à mener une enquête judiciaire. Et qu'importe s'il est complètement à côté de la plaque.

La voiture file en direction de Paris. Le silence dans l'habitacle ne le met pas mal à l'aise, lui. Le silence a toujours été son compagnon de voyage. Il se souvient que lorsqu'ils l'ont envoyé à Sarajevo, il n'a presque pas prononcé un mot pendant quarante-huit heures. Kigali-Paris-Sarajevo avec quelques oui, quelques non, quelques merci, deux fois il a décliné son identité militaire mais aucune phrase. Il n'y arrivait plus. Dafroza était restée au Rwanda, son business de trafic d'armes était en stand-by avec une partie des fonds quelque part dans la nature, tout foutait le camp.

Il fait apparaître une cigarette au bout de ses doigts.

— Putain ! Tue-mouche, vous me faites chier avec vos clopes ! gueule Dante.

Tu as repris du poil de la bête, hein, colonel ? Tu es plus à l'aise dans ton rôle de chef d'enquête maintenant que la juge va t'adouber, hein, colonel ?

D'un geste, il fait disparaître la cigarette comme s'il l'avalait.

À l'arrière, Dafroza laisse échapper un léger rire. Un léger rire comme un écho tellement lointain des rires des gosses là-bas, du côté de Rwumba, dans la zone Turquoise. *C'est là que j'ai réussi à te faire rire à nouveau, Dafroza. Des rires tristes qui n'étaient pas loin de l'angoisse mais des rires quand même. C'est peut-être avec ces tours de magie stupides que je t'ai vraiment sauvé la vie.*

Dafroza est toujours aussi jolie. Son regard a changé mais elle est toujours aussi belle. A-t-elle aimé d'autres hommes que lui ? Il faudra qu'il lui demande, discrètement, sans en avoir l'air, à l'occasion.

Tue-mouche se force à penser à autre chose. Les souvenirs, surtout ceux-là, ne lui font pas du bien. S'en tenir à cette affaire pour le moment.

Il s'attend à voir apparaître d'autres cadavres d'ici peu. Ceux de Télesphore Ndahimana, de

Sylvère Seromba ou de Marie-Ange Kagabo. D'autres encore. Combien sont-ils sur la liste de Gatama ? Ils pourraient être des dizaines de milliers, des centaines de milliers. Tout un peuple finalement puisque les Tutsis ne représentaient que 20 % de la population rwandaise au début de l'année 1994. Et que tous les autres, les Hutus, ont participé aux massacres. On peut espérer que ceux qu'on a qualifiés de Hutus modérés ont refusé de tuer. Tue-mouche ne croit pas qu'il y a eu tant de justes que ça. Il sait, pour l'avoir vu sur le terrain et étudié par la suite, que c'était tout un pays qui a été préparé à accomplir un génocide rapide, rationnel et sans pitié.

Au début de 1994 et depuis de nombreuses années déjà, chaque Rwandais était un militant du Mouvement révolutionnaire national pour le développement, le parti unique. Une cellule du MRND était constituée de plusieurs dizaines de familles hutus. Cette cellule élisait un comité de cellule de cinq membres. Chaque Rwandais devait être membre d'une cellule. Les cellules d'une commune étaient fédérées en un conseil communal dont le président est le bourgmestre. Il n'y avait pas d'élection, c'était le MRND qui nommait le bourgmestre. Les communes dépendaient du conseil préfectoral que dirigeait un préfet, nommé également par le MRND. Un baron régional supervisait le préfet. Lui, il était nommé par l'*Akazu*, le proche entourage du président Habyarimana. L'Akazu, la « maison » en kinyarwanda, où Agathe Habyarimana, la femme du président, faisait la loi, en compagnie de son frère et de ses cousins.

Un peuple aux mains d'un clan qui avait décidé d'éliminer des cafards par tous les moyens.

Il y a bien longtemps Tue-mouche a lu Eschyle, et lui aussi croit qu'un coup meurtrier doit être puni d'un coup meurtrier, que tout coupable doit recevoir tôt ou tard son châtiment. Tue-mouche sourit sans s'en rendre compte. *Pas certain que Gatama ait lu Eschyle.*

— Je serais curieux de savoir ce qui vous fait sourire ? fait Dante en fixant la route devant lui.

— Je ne crois pas, colonel…

Le gendarme tourne quelques secondes son regard vers lui. Puis secoue la tête.

Gatama a peut-être toute légitimité à commettre ces meurtres. Cependant, ses chefs ont d'autres projets. C'est un peu flou pour Tue-mouche. Il a cru comprendre qu'ils ont l'idée de se servir de lui pour contrer les déclarations diffamatoires du pouvoir en place à Kigali à l'égard de la France. Et puis, Tue-mouche ne doute pas un instant que François Gatama est devenu dingue. Qu'il risque de contaminer, d'une manière ou d'une autre, Dafroza. Rien que pour ça, il doit mettre un terme à ses agissements.

~

Elle ne comprend pas pourquoi la DGSI a ciblé Télesphore Ndahimana, Sylvère Seromba et Marie-Ange Kagabo. Peut-être y a-t-il eu des signalements de disparition. Même s'ils vivaient sous d'autres identités en France, leurs proches ou leurs collègues ont pu signaler leur disparition sous leur nouveau nom. À n'en pas douter, la DGSI a su alors retrouver leur véritable identité. Et si des Hutus se sont retrouvés démembrés en Gironde et dans l'Essonne, la disparition de Ndahimana, Seromba et Kagabo prend un autre sens.

Ils ont lancé le Monstre sur leurs traces. Sans doute ne savent-ils pas qu'il est le Monstre. Encore que les services secrets savent peut-être tout de la vie d'Anton Tue-mouche et que c'est pour ça qu'ils lui ont confié la mission de retrouver François Gatama. Et si possible les trois disparus.

Quelque chose lui dit que même si le Monstre a vingt ans de plus, aujourd'hui, que les sillons sur son front sont plus profonds, que ses cheveux sont d'un gris étincelant, il est encore capable de faire le boulot.

Est-elle encore capable, elle, de faire le boulot? Lorsque le ministère de l'Intérieur l'a convoquée, on ne lui a pas vraiment donné le choix. Soit elle expliquait d'où venait l'argent qui lui avait permis de vivre, créer son association et poursuivre les quelques génocidaires qu'elle avait coincés devant les tribunaux, soit elle aidait le colonel en charge de l'enquête à arriver à ses fins. Elle a eu envie de braver ces types de la place Beauvau, de les envoyer chier. Des années auparavant, lorsqu'elle est sortie de la drogue, du tapinage et qu'elle s'est mis en tête de venger les siens, elle s'est aussi promis de ne jamais rebaisser les yeux. Les types lui ont mis devant les yeux les photos des corps découpés de Ferdinand Mugesera et Casimir Nsegiyumya, elle a eu l'intuition qu'elle était liée à ces meurtres. Elle ne comprenait pas comment ni pourquoi mais elle le sentait. Alors elle a accepté l'offre.

Maintenant elle sait comment et pourquoi elle est plus qu'une enquêtrice dans cette affaire. Le Monstre lui a dit que c'était François Gatama qui est derrière ces deux crimes et ceux qui ont suivi. Là non plus, elle ne sait pas comment il en est persuadé mais ça ne change rien : si c'est son François qui est responsable, c'est aussi pour elle qu'il l'a fait.

Et puis maintenant, elle a revu le visage de Marie-Ange Kagabo autrement que dans ses rêves. Ça a ravivé la douleur. La bête s'est réveillée, elle s'était endormie depuis longtemps pourtant. Parfois elle sort de sa tanière, la tête seulement, elle montre le bout de sa gueule immonde, déclenche des crises d'angoisse, des insomnies plus violentes que d'habitude, des pertes d'appétit qui peuvent durer une semaine. Mais toujours elle finit par se retirer dans l'obscurité de son antre.

Là, c'est différent. Cette nuit, en voyant la photo de Marie-Ange, elle a senti un long frisson la glacer de la tête aux pieds. Dès qu'elle s'est retrouvée dans le couloir sombre en sortant de la chambre d'Anton, une boule de douleur s'est installée dans son ventre. Depuis, elle tente de la museler. Mais la boule est agressive, la bête est ressortie de sa tanière. Elle aimerait se précipiter chez sa psychanalyste en rentrant à Paris, peut-être que quelques mots lâchés sur le divan la libéreraient. Ce n'est pas si facile, pas si mécanique.

Marie-Ange Kagabo est donc toujours en vie. Ça l'a d'abord étonnée mais rapidement elle s'est souvenue que la première fois qu'elle l'avait vue, armée de sa machette, elle avait eu l'impression que rien ne pouvait l'atteindre. C'est pour ça qu'elle l'avait suivie, d'ailleurs. C'est comme ça qu'elle s'était retrouvée vingt-quatre heures plus tard dans une des minuscules chambres du « Aux Madames ».

Dans cette berline qui file sur l'autoroute en direction de Paris, vingt-deux ans après son arrivée dans le bordel de Rwumba, Dafroza voit parfaitement le visage des trois premiers hommes qui lui ont ordonné de se déshabiller. Elle se souvient parfaitement de l'odeur de leur sueur, comme si c'était l'intérieur de l'habitacle qui en était imprégné aujourd'hui. Un vieux d'une cinquantaine d'années et ses deux fils d'à peine vingt ans, des Interahamwes qu'on récompensait en leur offrant une jeune fille de dix-sept ans. Dans le sous-sol et les trois étages du bordel, des dizaines de filles, certaines pas encore pubères, servaient de femmes à soldats. Les bruits, les cris, les coups, l'odeur, Dafroza comprit immédiatement que le « Aux Madames » n'était rien d'autre qu'une maison d'abattage. Marie-Ange Kagabo en était l'une des tenancières. Elle était aussi la rabatteuse qui ramenait de la chair fraîche. Certains jours, elle rentrait dans la cellule de Dafroza et, appuyée contre le mur, elle regardait sa pensionnaire.

Un jour, elle s'était approchée d'elle et lui avait caressé le visage.

— Les hommes t'aiment beaucoup, tu sais ?

Dafroza se taisait.

— Tu me comprends ? Je te dis que les hommes t'aiment beaucoup, tu devrais en être fière.

Dafroza la fixait d'un regard vide.

— Tu devrais répondre quand je te parle.

Dafroza ne répondait pas. Elle espérait même que son silence fût pris pour de l'arrogance, un manque de respect qu'une Hutue ne pourrait supporter de la part d'une Tutsie. Elle espérait que cette femme perde son sang-froid et la tue.

Mais Marie-Ange Kagabo ne tuait pas ses pensionnaires. Ou seulement quand elles étaient trop abîmées par les clients, ou qu'elles devenaient folles et inutiles.

— Brave petite, va... Des messieurs font la queue dans le couloir pour ton beau cul. Sois bien agréable avec eux, hein !

Et elle était sortie de la chambre en riant.

Pendant trois mois Dafroza a servi de pute aux miliciens et aux soldats. Des Blancs sont passés aussi. Rarement, mais elle a vu des Blancs. Un jour, quatre soldats l'ont prise et l'un d'entre eux parlait une langue qu'elle pensa être du russe. Elle suppose que ces hommes étaient des mercenaires.

Elle croit que ce sont eux qui, d'une manière ou d'une autre, ont parlé du « Aux Madames » au Monstre.

Elle croit que ce sont eux qui, d'une manière ou

d'une autre, lui ont permis d'être délivrée de son enfer.

Quoi qu'il en soit exactement, un jour, le Monstre est apparu dans l'encadrement de la porte de sa cellule. Elle se souvient de son regard étrange, celui d'un gamin qui découvrait combien ses camarades de classe pouvaient être cruels. Pas plus. Sauf que ce gamin faisait plus d'un mètre quatre-vingt-dix, qu'il était extrêmement costaud, que ses cheveux étaient poivre et sel et qu'il portait un uniforme français.

Il était reparti immédiatement.

Le soir, alors qu'elle faisait une fellation à un tout jeune milicien, des coups de feu avaient claqué à l'étage supérieur, la réception. Le jeune milicien avait sursauté mais il avait maintenu la tête de Dafroza encore quelques secondes.

Puis la porte s'était ouverte. Une déflagration avait résonné entre les murs trop étroits et le milicien s'était écroulé sur elle. Lorsqu'elle s'était relevée en hurlant de terreur, elle avait vu que le jeune garçon avait perdu la moitié supérieure de son crâne.

Du sang et de la matière cervicale constellaient le mur derrière la paillasse.

À la porte, derrière le fusil d'assaut dont le canon était encore pointé vers elle, le Monstre lui avait adressé un étrange petit sourire.

— Viens avec moi. Tu ne crains plus rien.

C'est ce qu'il avait dit. Mot pour mot. De ça aussi elle se souvient parfaitement.

Dans le couloir et à l'étage de la réception, il y

avait une dizaine de cadavres, des clients tués par balles. Dafroza a cherché celui de la femme qui l'avait menée en cet enfer.

— Elle est où ?

Le soldat français avait jeté un regard interrogateur à la toute jeune femme.

— Il faut que vous tuiez Marie-Ange !

A-t-elle perdu la raison ? s'était sans doute demandé le soldat. Mais il n'avait pas eu le temps de comprendre : un milicien était entré dans le bordel et le Monstre l'avait abattu d'une balle en plein cœur. Il avait immédiatement entraîné la prisonnière avec lui, loin de l'enfer.

Les semaines et les mois suivants, le Monstre répétait à Dafroza qu'il ne parvenait pas à retrouver la trace de Marie-Ange Kagabo. Les Hutus, surtout ceux qui avaient eu des responsabilités dans le génocide, commençaient à passer au Nord-Kivu, au Zaïre. On disait même que certains parvenaient à partir en Europe avec l'aide de militaires français. Des années plus tard, il s'avérera en effet que le télégramme du Quai d'Orsay, envoyé au début de l'opération Amaryllis et autorisant les soldats français à « offrir aux ressortissants rwandais faisant partie du personnel de l'ambassade (recrutés locaux) pouvant être joints la possibilité de quitter Kigali avec les forces françaises »), avait été interprété d'une façon plus que partiale. Nombre de dignitaires hutus purent embarquer dans les avions à destination de la France.

En France, avec ses relations, les moyens de son association aussi, elle n'a jamais pu retrouver la trace de Marie-Ange Kagabo. Au bout de plusieurs années, elle s'est obligée à considérer qu'elle était sans doute morte dans un camp de réfugiés ou exécutée par les forces du FPR. Ça a fonctionné, ça a calmé sa frustration, son désir de vengeance s'est endormi doucement. Jusqu'à la nuit précédente.

Alors, s'allonger sur un divan, expliquer tout cela à sa psychanalyste, tenter de verbaliser la bête qui ressort de sa tanière, finalement Dafroza n'y croit pas vraiment.

Et puis, le colonel Dante les mène chez la juge Hidalgo, elle ne peut y échapper.

~

Hier, elle a eu quarante ans.

Elle dit à ses collègues, à son ex-mari, à ses deux fils que ça ne lui fait rien. Elle dit, avec un sourire d'adolescente, qu'elle se sent même mieux qu'à vingt ans, plus sûre d'elle, même physiquement, elle s'aime bien.

Mais en vérité, ça l'emmerde d'avoir eu quarante ans.

Peut-être parce que son métier lui donne à voir la face mauvaise de la société et que cette face mauvaise touche d'abord et avant tout les femmes. Les faibles, les marginaux mais aussi et surtout les femmes.

Avoir quarante ans pour une femme, c'est déjà être vieille aux yeux des hommes.

Justine Hidalgo est juge au pôle Génocide du tribunal de grande instance de Paris. Sa profession et son rang dans la magistrature en imposent suffisamment pour qu'elle ne s'aperçoive que très rarement des marques de mépris chez ses interlocuteurs. Mais encore une fois, elle ne se fait pas d'illusion, elle est une femme qui vieillit.

Elle tapote sur le combiné du téléphone. Quelques minutes auparavant, elle a accepté la demande d'entretien du colonel Dante. Il veut des explications sur la manière dont son enquête doit être menée. Et avec qui il doit la mener. Il est dans son droit, et il a raison, songe-t-elle.

Elle n'aime pas trop comment cette enquête a été ficelée. Le ministère de l'Intérieur, celui de la Défense, celui des Affaires étrangères, et sans doute des décideurs plus haut placés encore (Matignon, l'Élysée même ?) ont cadenassé l'affaire. C'est elle qui a été chargée du volet procédural. Au début, elle s'est demandé pourquoi. Peut-être parce qu'elle n'a pas le bras très long finalement, et qu'ainsi ses supérieurs et leurs supérieurs pensent pouvoir la contrôler plus facilement.

Elle tapote du bout du doigt sur le combiné : le *Boléro* de Ravel ou quelque chose qui voudrait y ressembler.

Forcément, la France et le Rwanda entretiennent une relation particulièrement explosive. Alors quand il s'agit du génocide de 1994, ses supérieurs et leurs supérieurs doivent être sur les dents. La France a laissé faire, a même aidé les génocidaires, répète de plus en plus souvent le pouvoir en place à Kigali. Des concessions vont être nécessaires pour conserver des relations diplomatiques sereines.

Des compromis, passe encore, songe la juge, mais des compromissions, elle n'en fera pas. En acceptant l'affaire, elle s'est juré de ne pas en faire. Et s'ils doivent la casser, elle acceptera l'offre de son ami Marc Dumouriez : il lui répète, à chaque fois qu'ils déjeunent ensemble, qu'il la verrait bien tenir la rubrique « Justice » de son magazine. Le salaire est bon et peut-être que c'est là où on peut faire changer les choses, dit-il dès qu'ils abordent le sujet de l'impuissance de la justice face à certains criminels. Elle n'a jamais su si Dumouriez croyait vraiment en son boulot de journaliste, ou s'il était un poseur particulièrement habile. Sans doute un peu des deux.

Elle, elle pense pouvoir raccrocher la robe sans trop de difficultés. C'est le côté sordide des affaires qu'elle a à traiter qui la tourmente le plus. Ça, c'est ce qu'elle laisse entendre à son mari, à ses fils ou à ses amis. Le fait est que ce sont les compromis – qui souvent ne sont vraiment pas loin des compromissions – que les juges doivent faire avec les politiques et leurs amis des grandes entreprises qui lui restent en travers de la gorge.

Depuis le printemps 2013, elle travaille donc boulevard des Italiens, dans le IXe arrondissement. Les pôles « Santé publique » et « financier » ont leurs locaux dans l'annexe du tribunal de grande instance de Paris. Le bureau de Justine Hidalgo, lui, se trouve dans le pôle « Génocide et crimes contre l'humanité ». Elle est chargée de l'instruction des dossiers et a parfois l'impression de plonger ses mains dans la merde, jusqu'aux coudes et plus loin encore. Mais elle croit en son rôle. Les témoignages, les photos ou les films de tueries ne l'ont pas encore empêchée de dormir. Ça arrive, il paraît.

Lorsqu'elle était étudiante à la faculté d'Assas, elle a vu des images qui l'ont marquée à jamais : le Rwanda et la Bosnie. Ces images, c'est ce dont elle se souvient le plus quand on lui parle des années quatre-vingt-dix. Vingt ans après, lorsqu'elle a été nommée au pôle Génocide, elle a voulu croire que les compromis lui avaient servi à ça, à pouvoir faire payer les coupables de crimes contre l'humanité.

Elle a toujours une haute estime pour son travail. Elle le répète à qui veut l'entendre, ses collègues et elle ont appris à connaître et à utiliser des qualifications peu appliquées des juridictions pénales de nombreuses juridictions étrangères. Ils doivent souvent se déplacer à l'autre bout de la planète. Elle est allée cinq fois au Rwanda, trois fois en République démocratique du Congo.

Est-ce que ça ressemble au *Boléro* ? se demande-t-elle en écoutant ses doigts pianoter sur le plastique. Quelle est la perception qu'en aurait celui qui rentrerait dans mon bureau ? Et quelle serait la perception qu'il aurait de mon travail ? Je crois servir la justice, traquer des criminels qui méritent des siècles de prison et finalement combien en avons-nous réellement coincé de ces criminels ?

Une vingtaine de dossiers sont ouverts, certains au point mort, tous pris dans les entrelacs et la lenteur de la procédure. Au début de l'année précédente, Justine Hidalgo est parvenue à renvoyer devant la justice Tito Barahira, soixante-trois ans, et Octavien Ngenzi, soixante-neuf ans. C'était le deuxième procès qui se tenait en France et qui impliquait des génocidaires hutus. En mars 2014, un ex-officier de la garde présidentielle, Pascal Simbikangwa, a été condamné à vingt-cinq ans de réclusion criminelle pour génocide.

Oui, son travail est estimable. C'est un travail de longue haleine. Les années s'écoulant, il n'est pas très gratifiant : les médias et le public oublient vite les atrocités qui les ont horrifiés.

Peut-être trouve-t-elle son travail estimable parce qu'elle s'est aperçue au fil des enquêtes et des procédures que c'étaient les femmes et les enfants qui payaient le prix lourd de ces atrocités. Le viol comme arme de guerre n'est pas qu'une phrase choc qui fait vendre des journaux, c'est une réalité.

Elle s'étire derrière son bureau.

Le téléphone sonne, elle décroche :

— Faites-les entrer, s'il vous plaît.

Elle ouvre l'épais dossier posé devant elle et fait défiler les photos du colonel Jean Dante, de Dafroza Rwigyema et d'Anton Tue-mouche. Elle dispose aussi les clichés des différents cadavres retrouvés dans la région parisienne et sur l'estuaire de la Garonne.

Des fantômes et des morts, se dit-elle en refermant la chemise.

QUATRIÈME PARTIE

> Rappelez-vous, quand tout ira mal ; quand vous aurez l'impression que vous ne pouvez plus tenir, ça veut dire qu'il faut décider vite. Il faut utiliser tous les moyens, même les pires, et vous vous en sortirez. Si vous perdez la tête et si vous flanchez, vous êtes finis et vous ne méritez plus de gagner, ni même de vivre. C'est comme ça.
>
> FORREST CARTER, *Josey Wales hors-la-loi*

C'était il y a quinze ans.

Son dernier combat.

Sa seule défaite.

On dit que chaque boxeur possède un capital de victoires. Certains ont un capital inépuisable – enfin, jusqu'à ce que le temps fasse naturellement son œuvre. D'autres ont un capital minuscule dès le début de leur carrière. On a vu des boxeurs passer pro et se faire abattre dès leur premier round. Ceux-là regagnent les vestiaires et on ne les revoit plus.

François Gatama, lui, n'avait peut-être pas un réservoir inépuisable de victoires. Mais son capital était suffisant pour lui assurer quelques beaux moments sur le ring. Sauf qu'il y a eu le 7 avril et le génocide qui s'en est suivi. Sa vie a pris un tel tournant que même lorsqu'il est venu en France, après avoir brillé en Afrique et remporté le titre unifié de champion africain, et qu'il a décroché un petit contrat professionnel en catégorie super-welters, il n'a jamais retrouvé sa rapidité. Bien sûr, il a appris à lever sa garde et c'est ce qui lui a permis de compenser sa perte de vitesse mais sans la vitesse, il n'est plus ce fabuleux boxeur.

Il a tenu une quinzaine de combats. Douze victoires, trois matchs nuls. Et puis, il s'est fait massacrer un soir de janvier 2001.

Il se repasse souvent le film de la soirée.

Le complexe Marcel Cerdan à Poissy était plein à craquer. Les spectateurs étaient venus voir François Gatama, « le Rwandais sorti vivant des massacres interethniques de 1994 », affronter le champion de Guyane et des Caraïbes, Mickaël N'Goti. La crème des super-welters sur un ring !

Tu parles. Dès le premier round, Gatama s'était fait piéger dans un coin et N'Goti lui a envoyé une série de swings qui ont fait mouche. Gatama a réussi in extremis à se dégager et à faire une feinte de corps suivie d'un crochet au menton. Les spectateurs ont cru que le combat allait être héroïque.

Tu parles. Au début de la deuxième reprise, Gatama ne pouvait plus respirer normalement. Quelque chose avait lâché en lui. Peut-être que l'envie n'était plus là. Simplement. Il a encore lancé quelques jabs dérisoires avec ses beaux gants blancs. Puis N'Goti l'a à nouveau coincé dans les cordes. Cette fois, il a balancé un uppercut terrible dans la cheminée du Rwandais, traversant sa garde avec une rapidité foudroyante. Celui-ci est tombé au sol et ne s'est plus relevé. La foule a hué, a sifflé et tout s'est éteint.

C'était il y a quinze ans. La fin de sa carrière.

Il n'a jamais pu remonter sur le ring. Quelques entraînements pour se faire croire qu'il reprendrait vite les combats. Mais il a refusé trois rencontres d'affilée. Son entraîneur et son manager ont compris qu'il était cuit. Dans le milieu, on parle de KO mental, c'est irréversible. Ils n'ont pas insisté. Ils croyaient savoir que leur boxeur avait été humilié par sa défaite en deux rounds. Ils ne savaient rien : François Gatama n'a pas été humilié sur le ring. Jamais. L'humiliation, il la traîne depuis plus longtemps.

Alors, ça s'est fait comme ça : un jour il n'est plus venu aux entraînements et personne ne s'est inquiété de ce qu'il devenait. Ni son manager, ni son entraîneur, ni ses coéquipiers. Quelques mois après sa défaite face à N'Goti, un journaliste a bien essayé de le rencontrer pour savoir ce que devenait le Rwandais sorti vivant des massacres interethniques de 1994. Gatama a écouté le message sur son téléphone mais n'a jamais rappelé. Il ne voulait plus de boxe. Ce jour-là, il a jeté ses gants blancs à la poubelle.

Il est rentré dans la clandestinité. Avec l'arrêt de la boxe, des souvenirs sont remontés, le goût acide de l'humiliation aussi. Il a revu les cadavres sur les trottoirs à Kigali, il a ressenti la solitude dans la cellule du commissariat.

~

Pendant cinq semaines, il est resté enfermé dans cette cage.

Pendant ces cinq semaines, il n'a pas revu le commissaire Ndahimana. Jean-Bosco, lui, est passé tous les deux ou trois jours pour vider son pot d'aisance et lui donner de quoi boire et de quoi manger. Jamais assez pour tenir deux ou trois jours. Toujours Gatama craignait qu'on le laisse mourir dans cette prison déserte.

Et puis un jour, à la fin de ces cinq semaines, d'autres policiers sont venus. Ils lui ont donné une grande bassine remplie d'eau et lui ont ordonné de se laver entièrement. Il s'est déshabillé et s'est lavé. Il ne se souvient plus exactement de ce qui s'est passé mais les hommes l'ont violé à tour de rôle sous les rires de Jean-Bosco. Ça a duré une heure ou un peu moins. Les flics l'ont ensuite assommé à coups de matraque.

— Il n'est plus très fier le boxeur, maintenant ! a déclaré l'un d'eux en quittant la cellule.

Le lendemain lorsqu'il a rouvert les yeux, la joue collée sur le sol par son sang coagulé, le pantalon encore sur les chevilles, le commissaire Ndahimana était penché sur lui. Un instant, Gatama n'a pas compris son regard. Ce n'était pas seulement le regard d'un type qui veut gagner de l'argent avec un boxeur, il y avait quelque chose de plus profond, quelque chose qui trahissait une véritable douleur.

Le commissaire l'a aidé à se coucher sur la

paillasse, lui a relevé son pantalon et lui a tapoté l'épaule.

— Je suis désolé, garçon. Je leur avais interdit de te toucher.

Ndahimana a inspiré comme s'il émergeait d'une apnée trop longue. Ses yeux sont devenus brillants de colère. Il a dégainé un pistolet automatique – Gatama s'est dit un instant qu'il allait recevoir le coup de grâce – et il a quitté la cellule. Ses pas, dans le couloir, étaient rapides.

Un coup de feu a claqué dans le commissariat. Des cris et d'autres coups de feu.

Gatama s'est rendormi, son corps le faisait souffrir comme jamais. Plus encore qu'après un match de boxe durant lequel il avait trop encaissé. Il y avait ce goût au fond de sa gorge qui avait remplacé celui de la peur de mourir d'un coup de machette. Le goût de l'humiliation. Le goût acide de l'humiliation était pire que tous les autres goûts.

Lorsqu'il s'est réveillé, le visage du commissaire se trouvait à nouveau au-dessus de lui. Toujours ce regard étrange.

— Ces misérables sont morts, a-t-il dit lentement comme si le jeune homme était idiot.

Gatama est resté encore une quinzaine de jours en cellule.

Un policier en uniforme lui apporte matin, midi et soir un repas et vérifie qu'il a de quoi boire. À chaque fois, il vide le pot d'aisance. Chaque matin, il dépose *Kangura*, le quotidien du Hutu Power. C'est dans ses colonnes que Gatama suit l'évolution de la guerre qui se déroule au Rwanda. Tout le pays est la proie de la folie meurtrière. Il pense parfois à Dafroza puis finit par espérer qu'elle a été tuée rapidement au début des massacres.

Le flic n'ose pas le regarder droit dans les yeux comme si le prisonnier avait droit de vie ou de mort sur ses geôliers. Gatama a compris que c'est parce que le commissaire a tué les hommes qui lui ont fait du mal.

— Jean-Bosco ne s'occupe plus de moi ? fait-il un jour.

Il se lève et s'approche du policier. Il est plus grand que le flic, plus costaud aussi, plus jeune évidemment.

— Il est où Jean-Bosco ? répète-t-il en se postant devant l'autre.

— Il… il est… mort. Il y a eu des combats avec le FPR et…

Gatama pointe son index sur le nez du policier, il éprouve un tout nouveau sentiment, faire peur à quelqu'un. C'est presque jouissif, songe-t-il. Jamais il n'a éprouvé une telle puissance – en dehors des rings.

— Dis-moi la vérité ou j'en parle au commissaire.

Le flic déglutit péniblement. Le jeune boxeur sait qu'il a touché juste et qu'il tient son geôlier.

— C'est… le commissaire qui a tué Jean-Bosco…

Gatama observe l'homme qui transpire.

— Va-t'en, ordonne-t-il avec un sourire méprisant.

Le flic quitte la cellule.

Les journées de solitude succèdent aux journées de solitude. Seuls des coups de feu, des détonations plus fortes et des cris rompent parfois le silence dans lequel il semble s'engluer chaque jour davantage. Alors, une question commence à le tarauder : pourquoi est-il vivant ? Il le sait, sa survie n'est due qu'à la volonté de Télesphore Ndahimana. Il commence à comprendre aussi que sa survie est uniquement le résultat de la folie de cet homme. Une folie plus grande encore que celle qui anime tout un peuple lancé dans une entreprise de destruction totale d'un autre peuple. Ndahimana est assez fou pour protéger un Tutsi dans le seul but qu'il devienne l'un des membres de son équipe de boxe. Alors que Dafroza, le Vieil Adam, tous les autres Tutsis meurent, abattus comme des animaux, lui, il doit sa vie à la folie d'un homme amoureux de la boxe.

Le dernier jour de sa captivité, François Gatama se résout à se suicider.

Cette résolution lui tombe dessus au réveil. Il y a eu des cris toute la nuit. Sans doute des hommes et des femmes, des enfants aussi, ont été torturés et tués quelque part dans le commissariat. Ça ne l'a pas empêché de dormir. Son sommeil a été haché, certes, mais il a dormi. Au réveil, le goût de l'humiliation a encore augmenté dans sa bouche, l'humiliation d'avoir été chassé, de n'être plus qu'un *abahigwaga*, l'humiliation d'avoir été violé et battu, l'humiliation désormais de vivre grâce au bon vouloir du commissaire. Alors, en finir une bonne fois pour toutes lui apparaît comme juste.

Comme il envisage la meilleure façon de se donner la mort – la pendaison – et les moyens de la mettre en œuvre, la porte du couloir s'ouvre. Des pas rapides se font entendre.

C'est le policier. Mais il est trop tôt pour le petit-déjeuner. Quelque chose ne va pas.

— Vite ! Vite ! Viens avec moi. Ordre du commissaire.

Il ouvre la porte et saisit Gatama par l'épaule.

— Le FPR va prendre Kigali, explique-t-il en remontant les escaliers.

Dans le commissariat, c'est la panique. Des flics et des civils courent dans tous les sens, des dossiers sous un bras, un fusil à la main. Une fusillade éclate à quelques rues à peine.

Le policier pousse Gatama à l'extérieur. Il reçoit la lumière du soleil en pleine face. Aveuglé quelques instants, il se laisse guider jusque dans un véhicule.

— Ah ! François, on n'attendait plus que toi, entend-il lorsqu'il s'écroule sur la banquette arrière du 4 × 4.

Un flic est derrière le volant, à ses côtés se trouve le commissaire Ndahimana, le visage grave.

Le policier qui s'occupait de Gatama fait mine de s'asseoir à l'arrière.

— Qu'est-ce que tu crois faire, là, toi ? fait Ndahimana.

— Ben… je viens avec vous.

Ndahimana éclate de rire.

— Tire-toi, merdeux. Laisse passer mes hommes.

Deux types repoussent alors le petit fonctionnaire et prennent place à côté de Gatama. Ils portent des gilets pare-balles et des fusils Kalachnikov AK 47. Gatama reconnaît les deux flics : ce sont des boxeurs. L'un est un super-moyen, l'autre est un poids lourd. Le type derrière le volant a une gueule à s'être pris des coups aussi, à sa carrure, il peut être un super-plume ou un léger. Gatama ne l'a jamais croisé.

Le commissaire et le chauffeur sont eux aussi vêtus de gilets pare-balles.

— Tes copains du FPR, aidés par les Belges, nous font la misère, François. On est obligés de rejoindre nos amis français à l'est du pays. Si c'est pas un monde, ça, quand même !

Le 4 × 4 quitte le commissariat et remonte l'avenue en slalomant entre les barrages abandonnés. Les miliciens et la garde présidentielle semblent avoir abandonné la ville. Des cadavres pourrissent sur les trottoirs et parfois sur la chaussée – le 4 × 4 roule dessus sans ralentir. On entend une canonnade plus au nord.

— Si c'est pas un monde…, répète le commissaire.

Il met en marche l'autoradio.

« Chaque homme hutu doit savoir que les femmes tutsies, où qu'elles soient, sont rétribuées de leur travail par leur groupe ethnique tutsi. »

Le conducteur, concentré sur la route, hoche la tête, un sourire carnassier dessiné sur les lèvres :

— On en a tué six, hier, de ces femmes, dit-il. Et leurs gosses avec.

— Ah oui, au fait, je ne t'ai pas présenté, coupe le commissaire en se retournant vers Gatama. Lui, c'est Pascal (il montre le poids lourd). Lui, c'est Ferdinand (le super-moyen rigole). Et lui, c'est Bonaventure (il tape sur l'épaule du chauffeur). Trois autres boxeurs nous rejoindront dans la zone Turquoise, plus tard.

Le commissaire a soudain l'air heureux.

— Une belle équipe de champions ! sourit-il en buvant au goulot d'une petite flasque en argent.

Gatama a adressé des sourires courtois aux trois autres boxeurs.

— T'es bon, Gatama, lui dit le conducteur. Sauf que tu n'as pas de garde.

— Ah ! Tu vois ! confirme le commissaire tout sourire. Ta garde, garçon, faut te construire une garde.

La voiture fait une petite embardée comme elle roule sur deux cadavres.

— Ces *iyenzis*, ils n'en finissent pas de nous ennuyer, rigole le conducteur.

Les deux autres flics à l'arrière pouffent de rire.

Un coup de feu, suivi d'une explosion, claque dans une rue parallèle. Les flics se taisent et observent soucieux, qui dans les rétroviseurs, qui par le hayon arrière.

— Monter les mains, comme on dit, ce n'est pas forcément une chose importante si on possède un coup d'œil de lynx et une bonne mobilité, reprend Ndahimana.

Il se penche par-dessus son siège vers Gatama.

— Toi, tu as une bonne mobilité. Parfois on dirait même que tu danses. Mais tu n'as peut-être pas le regard assez acéré. Donc, il te faut une bonne garde. Ça te permettra quoi, garçon ? Hein, ça te permettra quoi ?

Gatama hausse les épaules, incrédule.

— Ça te permettra de toucher sans être touché ! C'est le but de la boxe, non ?

Les trois boxeurs à l'arrière et le conducteur hochent la tête de concert.

— Alors, il faut que tu te trouves une bonne garde.

Le véhicule arrive en vue du dernier barrage à la sortie de Kigali. Des militaires de la garde présidentielle protégés derrière deux camions de transport de troupe entre lesquels est pointé un canon semblent sur les dents. C'est la déroute des FAR et ils le savent.

Le 4 × 4 des flics passe devant eux sans ralentir.

— Ils feraient bien de décamper, les copains, estime le conducteur.

Ndahimana s'envoie une gorgée d'alcool sans un regard pour les militaires.

— Il y a plusieurs types de garde, garçon. D'abord, il y a la garde menton – c'est celle de Mike Tyson. Tyson, tu connais, hein ? Le point faible de cette garde, c'est qu'elle découvre les tempes et le plexus. Mais bon, quand tu es un cogneur comme Tyson, tu peux être en *menton*.

Il semble réfléchir un instant.

— Je suis sûr que Tyson aurait mis knock-out Evander Holyfield en 1991… Mais il a fallu que cette salope de Desiree Washington l'accuse de viol. Si c'est pas un monde. Tyson s'est pris six ans ferme !

Les dernières maisons de Kigali disparaissent bientôt dans le rétroviseur intérieur. La rue s'est changée en piste cahoteuse. Sur les bas-côtés, çà et là, des chiens errants dévorent des corps mutilés recouverts de nuées de mouches.

— Il y a la garde oblique. Ça, c'est celle qu'employait George Foreman. Je l'ai vu à Kinshasa, Foreman. Sa garde était efficace mais complètement inutile face à Ali. Au 8e round, Ali l'a envoyé au sol. C'était la première fois pour le grand George ! L'ennuyeux avec la garde oblique, c'est que la tempe droite est découverte et les côtes gauches aussi. Ou l'inverse.

Il semble réfléchir à ce qu'il vient de dire et hoche la tête.

— La garde mixte, c'était la spécialité de Thomas Hearns. Ça ne doit pas te dire grand-chose, hein, garçon ? Eh ben, Thomas Hearns a été six fois champion du monde dans cinq catégories différentes, des welters aux mi-lourds. Tu imagines ?

Sur le bord de la route, Gatama voit un homme assis dans un fauteuil roulant. Il a la gorge ouverte et son visage est en putréfaction.

— Il y a aussi la garde en pointe. C'est une garde utilisée par des boxeurs qui n'aiment pas aller au contact, qui ont peur du travail au corps. C'était pour ça que le poids moyen Virgil Hill s'en servait, je crois.

Le 4 × 4 gravit les collines au sud de Kigali. Désormais, les toits de la ville sont recouverts de fumée. Les combats sont plus sporadiques mais le

FPR bombarde certains points stratégiques depuis ses positions.

Devant, sur la route, une dizaine de miliciens encadre cinq hommes aux visages sanguinolents. Les miliciens lèvent leurs fusils en direction de la nuque des prisonniers. En voyant arriver le véhicule de police, celui qui semble être leur chef suspend l'ordre de tirer.

Le 4 × 4 poursuit sa route, les coups de feu retentissent.

— L'autre jour, à la télévision, j'ai vu un jeune boxeur qui se fait appeler Prince Naseem Hamed. Tu aurais vu sa garde ! Une garde basse, complètement basse. Incroyable ! Plus basse encore que la tienne. Le combat se déroulait à Sheffield en Angleterre. Il est devenu champion d'Europe des poids coqs en mettant au tapis Vincenzo Belcastro.

Le commissaire rigole, sans doute encore fasciné par le boxeur.

— Sauf que tu le sais, une garde basse, ça oblige à adopter une posture en retrait avec recul du centre de gravité. Tu as intérêt à avoir une coordination exceptionnelle et un coup d'œil exceptionnel aussi pour lancer des contres et des contre-attaques.

Des chiens, les yeux jaunes comme ceux des loups, marchent lentement le long de la route. Sans doute sont-ils repus.

— La garde droite, c'est quand les bras encadrent la tête et la poitrine. Ça limite le champ de vision, c'est l'ennui. Moi je dis que c'est la garde du débutant, tu sais quand on te dit « monte les mains ».

Est-ce que les chiens qui mangent des humains se

transforment en loups ? Gatama se pose d'étranges questions depuis le début du massacre.

— Ah oui ! Il y a aussi la garde fausse patte. Dans ce domaine, c'est Oscar de la Hoya qu'il faut imiter : le poing droit en avant, la jambe droite aussi. La faiblesse de cette garde, c'est que tu offres ton foie à ton adversaire.

Sur la route, des groupes de miliciens et des milliers de civils fuient la capitale. Leurs regards trahissent la peur et l'incompréhension. Gatama, comme dans la cellule avec le policier, des jours auparavant, aime voir cette peur dans les yeux de ses bourreaux. Les chasseurs vont bientôt se changer en *abahigwagas*, il en éprouve un plaisir insoupçonné. Les flics, dans le 4 × 4, jettent eux aussi des regards sur cette foule. Mais leurs yeux à eux sont pleins de mépris.

— Ils pourraient aller se battre tous ces lâches, murmure le conducteur en klaxonnant lorsqu'un vieil homme s'écarte du bas-côté.

— Tiens, il y a quelques mois, en mars dernier, Oscar de la Hoya s'est retrouvé face au Danois Jimmi Bredahl, le champion du monde WBO. Le Danois était invaincu mais dès le 1er round, Oscar l'a envoyé mordre la poussière. Grâce à sa garde fausse patte. Le Danois s'est relevé mais est retourné au tapis dès le 2e round. Au 10e round, l'arbitre a arrêté le combat et Oscar est devenu le nouveau champion du monde. C'est pas beau ça, garçon ?

— Holà ! Faudrait recouvrir tout ça ou les maladies vont se développer.

C’est le poids lourd à l’arrière qui vient de dire ça.

Gatama pose le regard sur le point indiqué par l’index du flic-boxeur. À quelques dizaines de mètres de la piste, non loin d’une église, une fosse a été creusée. Combien de cadavres y sont couchés ? Trente, cent, deux cents ? Il lui est impossible de compter les bras et les jambes qui dépassent du charnier. Il n’est pas triste. Étrangement, il se sent seulement las, fatigué de voir des corps sans vie. Un instant, il a même l’impression que le tas de cadavres bouge. Un bras se lève, une tête se tourne. Non, non, ce n’est pas possible, je suis trop fatigué, trop bouleversé, tente-t-il de se convaincre en détournant le regard sur ses mains qui tremblent.

Le commissaire s’envoie une nouvelle rasade d’alcool et finalement, retourne la flasque. Sa grimace de déception indique qu’elle est vide et qu’il sent que le voyage risque d’être long désormais.

— Muhammad Ali, lui, il avait un style très personnel, continue-t-il. Ses mains étaient souvent le long de son corps. Je dis qu’il aurait dû les mettre en position haute plus souvent, pour protéger son visage. Bien sûr, il faisait confiance à ses réflexes et à son allonge mais une bonne garde, ça lui aurait peut-être évité Parkinson.

Les deux boxeurs à côté de Gatama se secouent légèrement comme s’ils évacuaient une mauvaise pensée. La maladie de Parkinson, cette maladie qui touche les vieux boxeurs qui ont trop encaissé, est l’angoisse de tous ceux qui combattent sur le ring. Au même titre que le mot noyade ne peut être prononcé sur un navire au risque d'attirer la malchance, évoquer la maladie de Parkinson auprès de boxeurs ne se fait pas.

— Enfin, pour ce que j'en dis, moi… C'est juste un conseil qu'un directeur d'équipe donne à l'un de ses champions, hein. Construis-toi une bonne garde, garçon.

Et le commissaire s'enfonce dans son siège, relève le col de son veston et ferme les yeux. Il s'endort presque immédiatement malgré les cahots de la route et les fréquents coups de klaxon du chauffeur.

Celui-ci essaye alors de capter la RTLM. Il tourne et retourne le bouton de la fréquence et finit par éteindre l'autoradio dans un geste brusque.

— Moi, je serais d'avis qu'on atteigne vite la zone Turquoise, dit-il. Les cancrelats sont à nos trousses.

Les deux boxeurs s'ébrouent à nouveau. Il ne faudrait pas attirer la malchance. Le proverbe dit que la malédiction est pire que l'attaque d'une armée supérieure en nombre.

C'est ce qui vient à l'esprit de Gatama lorsque le 4 × 4 est soulevé de la route par une explosion assourdissante.

Avant que le véhicule ne retombe à terre, sur le toit, l'image des deux boxeurs assis à côté de lui une seconde auparavant lui imprègne la rétine, et à jamais l'esprit : deux corps comme tranchés en deux au niveau de la poitrine.

Lorsque dans un fracas assourdissant l'univers se renverse, que le ciel devient la terre et que la terre est baignée de sang, le petit chauffeur, crâne défoncé, traverse l'habitacle pour s'encastrer dans le coffre arrière.

Ndahimana hurle quelque chose d'incompréhensible, sa flasque vide à la main.

Alors c'est ainsi que je meurs ? se demande Gatama en fermant les yeux.

~

Ce qui s'est passé après l'explosion, Gatama l'a déduit de ce que lui ont raconté les prisonniers entassés dans la cour de la maison où il se réveille une heure après.

Des gens du FPR tenaient le carrefour vers lequel se dirigeait le véhicule du commissaire Ndahimana. Apparemment ils ont tiré sans sommation. Une automitrailleuse légère armée d'un canon.

— Une automitrailleuse AML 60/90, précise à mi-voix un soldat le bras en écharpe.

— Avec un mortier de 60 mm, souligne un autre militaire, torse nu, sans lever les yeux.

L'obus a touché le 4 × 4 dans le pare-brise avant et l'a propulsé dans les airs.

Lorsque les soldats du FPR sont arrivés, il y avait trois policiers morts – les trois boxeurs – et Gatama était inconscient. Ils ont tiré sur un quatrième homme qui a réussi à s'enfuir. Le commissaire s'en est tiré, comprend Gatama.

Autour de lui, ils sont vingt ou trente soldats des FAR à attendre la décision des autorités du FPR qui les ont faits prisonniers. Il est possible qu'aucune décision ne vienne et que d'un instant à l'autre les fusils de leurs ennemis les foudroient.

Un peu plus loin, dans une remise dont la porte bat au vent, on peut distinguer des cadavres. Eux, c'étaient des miliciens. Les hommes du FPR les ont immédiatement passés par les armes. Les soldats prisonniers, en tant que membres d'une armée constituée bénéficiant de la Convention de Genève, espèrent qu'ils ne subiront pas le même sort. C'est ce qu'explique un sous-officier à un de ses camarades allongé sur le sol. Le blessé paraît à peine conscient. Son ventre n'est qu'une sanglante blessure.

— Il va bientôt mourir, dit le soldat au bras en écharpe.

Debout à l'entrée de la cour, un soldat en uniforme, un fusil entre les mains, observe le groupe de prisonniers. Derrière ses lunettes, son regard doit déborder de haine devant ces hommes qui ont massacré les siens. Gatama songe qu'il va peut-être tirer sous la seule impulsion de sa haine. Il lève la main en l'air.

Le garde ne bouge pas.

— Je veux parler au chef, dit-il alors.

Les prisonniers le regardent comme s'il était contagieux. Ce jeune est fou, il va nous attirer des ennuis, pensent-ils instinctivement en s'écartant lentement de lui.

Le garde baisse ses lunettes sur son nez. Et effectivement, ses yeux sont sombres, presque fiévreux. Les prisonniers savent que ce sont les yeux d'un homme qui va se venger d'une manière brutale.

Gatama se lève. Il est grand, musclé, il espère que le garde va s'apercevoir qu'il est tutsi. Grand et musclé comme un Tutsi.

L'homme lève son fusil et le met en joue. Mais il ne dit pas un mot.

— Je ne suis pas comme eux, je suis tutsi. Pas comme eux !

Les mains du garde se serrent sur la crosse et le canon de son arme. Il a désormais une bonne excuse pour assouvir sa vengeance : il dira à ses chefs que l'un des Hutus s'est levé et s'est dirigé vers lui. Il leur dira qu'il n'avait d'autre choix que de casser la tête du Hutu. Et ses chefs rigoleront devant sa mine faussement repentante car ils n'ont que faire de la vie de ces bouchers. Tôt ou tard, il faudra bien les abattre. Après ce qu'ils ont fait à leurs femmes, à leurs enfants, à leurs cousins, il faudra bien leur faire payer.

Voilà, dans un instant le garde va tirer. Certains prisonniers baissent encore plus la tête et se bouchent les oreilles avec les mains. Ils implorent Dieu de les protéger de la fureur du garde ou d'une éventuelle balle perdue.

Gatama se mordille la langue, il aurait dû attendre l'arrivée d'un officier, au moins.

D'un coup sec, le garde chambre une balle dans son fusil. Le clac sordide provoque un murmure de crainte chez les prisonniers.

Quelle ironie d'avoir survécu aux machettes, aux viols, aux coups aveugles et même à l'explosion du 4 × 4 pour se faire tuer sur un malentendu. Et par un Tutsi.

— Je suis François Gatama, le boxeur tutsi, celui qui a survécu aux massacres !

Qu'est-ce qui lui a pris ? Cette question rebondit dans son esprit comme si c'était une balle qui ne parvenait pas à briser l'os du crâne pour ressortir.

Le garde ne fait pas un geste, on dirait une statue de cire.

Le canon de son arme ne tremble même pas.

Alors c'est ainsi que je meurs ? se demande Gatama en essayant d'esquisser un sourire.

— C'est toi qui as battu le Maillet, le soir de la mort de Juvénal Habyarimana ?

Le garde retire ses lunettes.

Les prisonniers s'écartent plus encore de Gatama.

— Moi, je n'ai pas vu le combat, continue le soldat. Mais mon frère y était.

Il s'immobilise brusquement, semble réfléchir, remet ses lunettes.

— Mais ceux-là l'ont massacré à la sortie du stade.

Il tire une balle dans la tête de l'homme assis à côté de Gatama. Celui-ci reçoit du sang sur le visage. Il a un instant la vision parfaite, claire, vertigineuse d'un monde où les hommes seraient devenus fous, où leur vengeance serait impossible à assouvir. Il a l'impression que ce n'est pas une vision, seulement la réalité.

Personne ne bouge, personne ne crie.

Des soldats ont passé la tête par la porte de la cour. Ils ne semblent pas émus, ni même amusés par le spectacle. Sans doute l'habitude de la mort.

Tous les prisonniers sont tétanisés. Des respirations

plus fortes, plus saccadées montent du groupe entassé. Chacun s'attend à recevoir la prochaine balle.

— Viens avec moi, dit alors le garde. Il faut que le capitaine sache que François Gatama s'en est sorti.

Ça s'est passé comme ça. François Gatama a survécu aux meurtres de masse qui ont ensanglanté son pays pendant cent jours en 1994 parce qu'il était un bon boxeur. Rapide avec une garde trop basse, mais un bon boxeur malgré tout.

Quelques semaines plus tard, le FPR lui a fait regagner Kigali dans un convoi et il s'est retrouvé à un carrefour dans le centre-ville, abasourdi d'être finalement sain et sauf.

Il a pensé à Dafroza.

Ça l'a un peu surpris parce que durant sa détention, il s'était convaincu que Dafroza était morte, et que c'était mieux pour elle. Il croyait être parvenu à l'extirper de son cœur comme on retire une tumeur d'un corps malade. Mais son souvenir était revenu immédiatement, une fois libre. Peut-être avait-elle, elle aussi, survécu ? Il s'est donc immédiatement rendu dans son quartier, à Gikondo.

La ville est aux mains des hommes du FPR. Un gouvernement provisoire a été nommé et les prisons remplies de Hutus inculpés de meurtres. Les soldats en uniformes disparates tiennent désormais tous les points stratégiques de la ville. Parfois quelques coups de feu retentissent mais les fusillades et les canonnades ont cessé. Les rues de la capitale sont encore coupées par des barrages, peut-être certains ont-ils été installés par les Interahamwes. Les hommes du FPR fouillent les véhicules et contrôlent les passagers. Parfois, ils en font descendre certains sans ménagement. Pour eux, et jusqu'à preuve du contraire, tous les Hutus sont coupables. Et ils devront payer.

Les rues sont toujours jonchées de cadavres. La plupart sont désormais recouverts et cachés à la vue des survivants. Une odeur pestilentielle flotte dans l'air. Des chiens errants rôdent autour des corps mais peut-être sont-ils en effet repus de toute cette chair humaine avalée durant les cent derniers jours. Ils n'ont plus le regard de loups, juste celui amical de chiens.

Lorsqu'il pénètre dans son quartier, François Gatama se retrouve face à face avec un grand chien noir. Ses yeux jaunes et tristes le fixent lorsqu'il gravit le chemin qui mène en haut de la colline.

— Va coucher, toi !

Aucun habitant sur le pas des portes, aucun enfant qui joue, un silence assourdissant seulement.

Gikondo est mort comme sont morts ses habitants.

Ceux qui sont encore vivants, les Hutus, ont fui. Désormais, eux aussi risquent leur vie, désormais eux aussi sont des chassés. Les maisons ne sont pas toutes abîmées : certaines sont même intactes, ce sont celles des Hutus. Mais celles qui ont été prises pour cibles ont souvent brûlé, a minima les portes et fenêtres ont été défoncées et elles ont été pillées. Sur les trottoirs, des meubles brisés ou trop lourds pour avoir été emportés attendent leurs propriétaires qui ne reviendront sans doute jamais. Leurs propriétaires sont parfois couchés pour l'éternité dans les jardins, les arrière-cours ou à l'entrée de leur maison.

Gatama a le cœur lourd, il est la proie de légers vertiges aussi. Plus il grimpe la colline, plus une douloureuse tristesse lui étreint la gorge.

Le chien noir le suit, quelques mètres derrière lui.

— Qu'est-ce que tu veux toi ?

Il envoie un coup de pied dans l'air en sa direction. Le chien s'arrête, il regarde le pied de l'homme devant lui, comme étonné par un si violent geste sans conséquence. Depuis cent jours, il a assisté à beaucoup de gestes violents et toujours la conséquence en a été la mort. Combien a-t-il vu de machettes s'abattre sur la nuque des gens qui vivaient là ?

Le chien se trouve désormais à ses côtés, comme s'il considérait l'humain qui traîne les pieds dans la poussière de la rue comme inoffensif.

En bas de la colline, vers le centre-ville, un coup de feu claque. Des cris incompréhensibles montent puis tout devient silencieux. L'une des oreilles du chien s'est dressée. Gatama, un peu machinalement, lui caresse l'encolure.

— Tout va bien.

Et de fait, Gatama n'a pas peur. Il sait que la balle était destinée à un Hutu.

L'homme et le chien débouchent alors dans la dernière rue du quartier. Déserte, elle aussi.

La maison de la mère de Dafroza a brûlé. Celle de ses voisins aussi. Seule la maison du policier, en face, n'a pas été attaquée. Gatama sait que le policier était hutu, il se souvient l'avoir surpris quelque-fois à regarder Dafroza avec une convoitise à peine dissimulée.

Le jeune homme reste pétrifié. Le chien s'est couché un peu plus loin.

Au milieu des décombres et des cendres, on voit distinctement un corps carbonisé. Le jeune homme s'approche lentement et entre dans la maison. Il se baisse sur le cadavre : le corps est trop petit pour être celui de Dafroza. C'est sans doute celui de sa mère. Jamais Gatama n'a été aussi heureux en regardant un cadavre. Il tente d'empêcher un sourire de déformer ses lèvres. Il n'y parvient pas.

Quelque chose lui dit que Dafroza est loin désormais, qu'il ne la retrouvera plus.

Le chien vient lui sentir la main. Il le caresse et redescend vers le centre-ville de Kigali. Beaucoup de bâtiments ont brûlé, des carcasses de voitures calcinées encombrent certaines rues. Dans les jardins publics et les terrains vagues, des fosses ont déjà été creusées par les nouveaux maîtres du pays.

Il tourne à 380° sur lui-même.

Il voit son pays, le Rwanda. Derrière les fenêtres des maisons encore intactes, peut-être y a-t-il des Hutus qui le regardent. Il peut sentir la haine qui vit désormais dans son pays, le Rwanda.

Il se laisse glisser sur un trottoir. Le chien s'assied derrière lui.

En bas de la colline, une jeep et deux camions s'avancent sur l'avenue. Les deux camions transportent des hommes et des femmes sous la surveillance de soldats du FPR. Les prisonniers ont reçu des coups, certains ont le visage tuméfié, ensanglanté. Une jeune fille pleure en s'agrippant à l'arceau de la bâche. Les soldats eux envoient de temps en temps des coups de crosse dans les flancs des hommes entravés.

— Ce n'est plus mon pays, murmure François Gatama.

Il regarde le chien derrière son épaule :

— Il va falloir te débrouiller tout seul. Moi, je m'en vais loin d'ici.

~

Il a fallu quatre années à Gatama pour poser le pied sur le sol français.

Il ne quitte pas immédiatement le Rwanda. Il ne quitte pas immédiatement le chien noir aux yeux jaunes – il le baptise même Yeux-jaunes.

Ensemble, ils ont pénétré dans une petite maison non loin de l'aéroport. L'intérieur n'avait pas été dévasté, ça devait être le domicile d'une famille hutue. Gatama a estimé qu'il avait le droit de se l'approprier et jamais personne n'est venu lui demander des comptes pendant son séjour. Sans doute avait-il le droit, donc.

D'abord, il dort beaucoup. Dormir est un bien grand mot parce que son sommeil est perturbé par des visions terrifiantes : les morts se lèvent et lui demandent pourquoi, lui, il a survécu, les morts lui crient qu'il n'est qu'un traître, un Hutu même. Lui a beau se défendre, il n'est pas hutu, il est tutsi et il a payé le prix lourd de sa survie. Les morts continuent à lui affirmer qu'il est hutu et c'est pour ça qu'il a survécu. Il se réveille alors en sueur, la bouche crispée en un rictus de peur. La certitude malsaine de ne pas être un Tutsi a du mal à se dissiper. Alors, dormir est un bien grand mot et sa fatigue met du temps à diminuer.

Yeux-jaunes veille sur lui. Il reste assis des heures, le jour et la nuit, sur le perron de la porte. Il rejoint son maître pour manger et tous les soirs quand celui-ci regarde la télévision dans le petit salon. Tous les deux, ils assistent au décompte morbide des événements qui se sont déroulés depuis le 7 avril 1994. Les chiffres n'ont plus beaucoup de sens pour Gatama. Les autorités rwandaises avancent le nombre d'un million de personnes massacrées, l'ONU et l'OUA parlent de 800 000 morts. Trois mois de tueries, un peuple coupable, songe Gatama, effondré sur le canapé en cuir.

Il lui faut presque trois semaines pour que son corps redevienne valide, efficace.

Un matin, il trouve un pantalon de survêtement et des baskets dans le placard d'une des chambres de la maison. Il va courir dans les rues au hasard. Le besoin d'épuiser son mal-être est trop fort, alors il court pendant des heures. Au bout de quelques jours, il se sent mieux, plus à l'aise dans son corps. Son souffle de champion revient et sa foulée est à nouveau légère, aérienne, c'est la foulée du boxeur qui danse.

Les gens reviennent chez eux, on dirait. Des Tutsis nettoient devant leurs maisons, les militaires sont moins nombreux aux carrefours et les nuits ne résonnent plus de coups de feu, ou très rarement.

Lors d'un jogging, Gatama croise trois enfants qui s'amusent sur l'allée d'une maison. Ils rigolent. Le jeune homme se demande si tout n'a été qu'un mauvais rêve, si les gens ne vont pas faire comme si ça n'avait été qu'un mauvais rêve. L'envie de cogner monte en lui, une envie pulsionnelle, pas très saine. Il décide alors de reprendre l'entraînement de boxe.

Il va de salle de boxe en salle de boxe jusqu'à en trouver une qui semble encore fonctionner. Sur le ring, deux boxeurs font du *shadow-boxing*. Ils sont un peu plus vieux que lui. La salle, contrairement à toutes celles qu'il a visitées, paraît en bon état, les sacs de frappe n'ont pas été éventrés.

Yeux-jaunes renifle dans tous les coins mais il a l'air tranquille.

Des portraits de boxeurs en garde sont accrochés sur un mur. L'un d'eux montre le Maillet avec un sourire carnassier. Gatama comprend qu'il s'agit d'un club tenu par des Hutus.

— François Gatama… Que Dieu en soit témoin !

Gatama se retourne et fait face à un homme immense. Et borgne.

— François Gatama, tu es vivant, dit l'homme.

Il tend une main tremblante au jeune boxeur, celui-ci la saisit. L'homme le tire vers lui et le serre dans ses bras immenses pareils à des troncs d'arbres.

— Ils n'ont pas réussi, alors. Ces salauds n'ont pas tué François Gatama ! Vous voyez ça, les gars ?

Sur le ring, les deux jeunes hommes, en short, se sont arrêtés de boxer contre des fantômes. Ils dévisagent Gatama avec une lueur étrange dans les yeux. Yeux-jaunes les fixe aussi, sa babine tremble.

— Tu veux passer des gants ? demande l'homme immense.

Gatama le fixe quelques secondes sans répondre. Un peu comme le chien mais sans montrer les dents.

L'homme comprend, il hoche doucement la tête :

— Je m'appelle Calixte Uwiringiyimana et je suis tutsi, François.

Gatama se souvient d'un Uwiringiyimana qui, au début des années quatre-vingt, avait remporté le titre de champion des Grands Lacs en catégorie lourd.

— Eux aussi, ils sont tutsis, fait l'homme en montrant les boxeurs appuyés sur les cordes. Comme toi. Ici, maintenant c'est chez nous. Ces salauds n'ont pas réussi, je te le promets.

— Remonte sur le ring, dit l'un des boxeurs en tendant vers lui ses poings de cuir.

— Oui, remonte sur le ring pour leur faire voir que les Tutsis ne sont pas morts, reprend l'autre avec un sourire qui dévoile l'absence de nombreuses dents.

L'odeur de la salle d'entraînement ravive des souvenirs dans le cerveau de Gatama, des souvenirs d'avant les cent jours de massacre. Une odeur âcre, entêtante, qui mêle la sueur qui a imprégné le ring et les sacs de frappe à la sciure qui sert à nettoyer le sang qui parfois coule. Il se sent bien.

— J'étais entraîneur avant, explique l'homme aux bras énormes. On disait que je connaissais mon métier. Peut-être que…

Il lui tend une paire de gants usés.

Est-ce que je peux faire comme si tout ça n'avait été qu'un mauvais rêve ? se demande Gatama. Et il enfile les gants.

Les deux boxeurs acceptent de servir de sparring-partners. Gatama n'a rien perdu de sa rapidité, les réflexes reviennent immédiatement. Ses pieds se mettent instinctivement à danser d'avant en arrière.

— Putain de boxeur, s'amuse l'entraîneur derrière les cordes.

Mais les deux jeunes boxeurs ne sont pas au niveau de Gatama, ils mordent la poussière trop souvent.

On dit qu'il ne faut pas gâter un chien de chasse en le faisant courir après des proies trop lentes. Calixte Uwiringiyimana doit savoir mieux que quiconque qu'il en est de même avec un boxeur et que la reprise de la boxe pour un champion de la trempe de Gatama ne doit pas être gâchée par un adversaire trop faible. Son corps et son mental pourraient en prendre une mauvaise habitude, une habitude impossible à redresser. Il met un masque protecteur et décide alors de monter sur le ring. Il a immédiatement remarqué le point faible du champion. Au premier assaut, il frappe de deux directs au visage.

Gatama est touché à la tempe et au front.

— Tu n'as pas de garde, François, lui crie l'entraîneur.

Il envoie un lead à la mâchoire.

— Lève ta garde, François !

Le jeune boxeur lève les poings au moment où

Calixte lance un swing du droit. Le coup claque sur les gants de Gatama. Celui-ci réplique d'un direct en contre qui touche la mâchoire de l'entraîneur.

— Voilà, comme ça : garde haute ! exulte celui-ci.

La seconde suivante, il envoie un crochet du gauche dans les côtes de son adversaire. Le coup en dessous du cœur est surpuissant, Gatama met un genou à terre.

— Ta garde est trop haute, François. Il faut trouver le juste milieu.

Uwiringiyimana relève Gatama avec un sourire, son œil valide pétille.

— Il va falloir que tu trouves le juste milieu. On va faire ça ensemble, tu vas voir.

Gatama passe entre les cordes et il réalise qu'il se sent presque apaisé.

Alors, ils l'ont fait ensemble. Calixte Uwiringiyimana est un vieux briscard de la boxe, un peu comme l'était le Vieil Adam. Il dirige son boxeur, sa joue collée au sac de frappe, sans s'émouvoir des terribles coups de poing qui cognent le cuir à quelques centimètres de son visage.

François Gatama a réussi à trouver une garde de trois-quarts face, très hermétique. Une garde un peu étonnante pour les autres boxeurs : les poings serrés au menton, les coudes collés aux flancs et la tête rentrée mais le corps presque de côté. Uwiringiyimana ne trouve pas ça très orthodoxe. Mais il sait aussi qu'il n'y a plus beaucoup d'adversaires à la hauteur de son boxeur, encore vivants ou pas en fuite.

Les semaines et les mois passent. Yeux-jaunes observe son maître s'entraîner chaque jour. D'autres boxeurs rejoignent le club de Calixte Uwiringiyimana. La salle revit elle aussi et le portrait du Maillet a été retiré du mur.

En moins d'un an, François Gatama devient champion de Kigali, puis champion du Rwanda. Catégories welter et super-welter, tant il n'y a pas beaucoup d'adversaires. Certains combats ne durent que quelques minutes, au premier round, il envoie au tapis des types qui croyaient être des boxeurs. Les spectateurs sifflent parfois ces victoires trop faciles.

— Qu'est-ce que tu y peux si tu es le meilleur? sourit Uwiringiyimana.

Gatama acquiesce même si effectivement ces victoires présentes n'ont pas le goût de ses victoires anciennes. Il se souvient de son combat contre le Maillet et en éprouve de la frustration. Mais Gatama a un plan : devenir champion de Kigali puis du Rwanda n'est qu'une étape, ce qu'il vise c'est l'Europe, la France surtout.

Alors lorsque l'opportunité de passer professionnel se présente sous la forme d'un type dégingandé à la chevelure presque rouge qui lui propose un contrat, il la saisit sans tenir compte des mises en garde de son entraîneur. Un jour, il vient faire ses adieux à Uwiringiyimana dans le club de boxe qui est devenu une référence pour les amateurs à Kigali. Le ring est désormais toujours occupé, les sacs de frappe et les punching-balls résonnent des coups de gant et parfois le week-end, des combats y sont organisés.

L'entraîneur fait la grimace.

— Qu'est-ce que j'y peux si je suis le meilleur, hein ? fait Gatama en serrant la main de l'homme aux bras immenses.

Celui-ci a un regard dur, sans doute déçu. Il s'efforce de rire.

— Bonne chance, François. Ici, ça sera toujours chez toi, n'oublie pas.

Son œil valide ne pétille plus.

~

Les trois années qui suivent, François Gatama boxe chez les pros.

Désormais, il a un nouvel entraîneur, un Sud-Africain du nom de Paul Gorgeman. Il est blanc, une vingtaine de kilos en trop mais son palmarès est tout à fait honorable : jusqu'au début des années quatre-vingt-dix, il a participé à soixante-cinq combats, en a gagné quarante-sept dont vingt-neuf par KO. Il était surnommé *le Buffle blanc*. Il sait boxer et il apprend à Gatama à moins danser sur le ring, à tenir à distance ses adversaires, lui fait développer une longue portée et le transforme en un excellent contreur.

— Bouge, François, bouge et frappe dès que l'autre essaye de pénétrer ta garde ! lui hurle-t-il lors des entraînements.

Gatama se méfie pourtant de ce nouvel entraîneur qui ne tient pas le sac de frappe contre sa poitrine – un jeune Noir le fait à sa place. Mais peut-être aussi parce qu'il est blanc. Au début de sa carrière, Gorgeman était l'un des sportifs protégés du gouvernement de Pieter Botha, le régime de l'apartheid lui a permis d'être le champion qu'il est devenu, tous les boxeurs africains le savent. Il se promet de le congédier dès qu'il aura acquis une reconnaissance internationale sur le ring.

En attendant, il l'écoute et, tant que faire se peut, suit ses conseils. Il accepte même une paire de gants blancs.

— Ça sera le signe de ton invincibilité, lui dit le Sud-Africain en lui tendant deux gants immaculés.

Gatama n'y croit pas mais il ne dit rien.

Un imprésario s'occupe désormais de sa carrière. Celui-là se fait appeler Shouff – c'est comme s'il n'avait pas d'autre nom. Il est sud-africain et blanc, lui aussi. Ses cheveux roux et sa peau blafarde ne supportent pas le soleil. C'est lui qui négocie les contrats et qui l'envoie boxer dans toute l'Afrique.

Gatama sort du Rwanda pour la première fois en 1996 pour affronter Mohamed Lacheraf. L'Algérien vient de remporter une médaille de bronze aux jeux Olympiques d'Atlanta dans la catégorie des moins de 75 kg.

La rencontre a lieu à Oran.

Gatama n'a jamais vu la mer. Il veut aller se promener sur la plage, peut-être se baigner dans l'eau salée. Gorgeman et Shouff le lui interdisent. Un jour il les congédiera tous les deux, rien que pour ça, se promet-il.

Lorsqu'il marche dans la bassine de résine avant de monter sur le ring, le jeune boxeur comprend que la salle Loucif Hamani est remplie des supporters de Mohamed Lacheraf. Il n'est pas chez lui, il est très loin de chez lui. Et peut-être qu'il est aussi seul qu'à Kigali lorsqu'il fuyait les Hutus.

Rencontre François Gatama – Mohamed Lacheraf. Oran.
Le 24 février 1996.

1re reprise.

Lorsque Gatama tend ses poings gantés de blanc pour les faire toucher ceux de l'Algérien, celui-ci a une grimace de dédain. Il faut que l'arbitre insiste pour qu'il accepte de saluer son adversaire. Le public hurle de rire.

Lacheraf est un cogneur, puissant, lourd. La garde de Gatama ne tient pas longtemps face à ses puissants directs. Le Rwandais ne peut que rompre et rompre encore pour éviter un mauvais coup. Alors, il fait courir l'Algérien derrière lui, l'Algérien ne sait pas danser.

Malgré sa vitesse de déplacement, le premier round est un supplice pour Gatama, son arcade sourcilière gauche saigne abondamment, limitant son angle de vision. Seuls quelques directs lui permettent de rester à distance de Lacheraf. Pour les spectateurs, le combat est plié : leur champion ne va faire qu'une bouchée du grand Noir.

2e reprise.

Paul Gorgeman étale de la vaseline sur l'arête

du nez de son boxeur et du coagulant sur l'arcade sourcilière.

— Écoute-moi bien François : il faut que tu changes ta garde.

Encore une fois ? pense Gatama en tentant de retrouver son souffle. Toujours ce problème de garde.

— Tu vas prendre une garde en triangle.

Il place les poings du jeune boxeur devant son visage puis écarte les coudes et les tire en avant. Qu'est-ce que c'est que cette garde ? se dit Gatama en obéissant pourtant.

— C'est une garde qu'on utilise en boxe thaïlandaise pour contrer les coups de pied. Si ça contre des coups de pied, ça contrera les coups de poing de ce type.

Gatama n'y croit pas mais il sent qu'il n'a pas d'autre choix que d'obéir.

Lorsqu'il remonte sur le ring, il présente ses coudes aux poings de l'Algérien. Ça fonctionne : les jabs meurtriers ne pénètrent plus la garde du Rwandais, ses crochets ne touchent même plus ses côtes.

Le puncheur perd rapidement de son efficacité et Gatama danse encore suffisamment pour le fatiguer.

La cloche sonne la fin de la reprise comme Lacheraf respire difficilement.

3e reprise.

Lacheraf doute, son regard n'est plus fixe et arrogant comme au début du match. Le public est moins enthousiaste. La peur change de camp.

Gatama continue de l'épuiser en le faisant courir et en parant ses assauts. Et soudain, il place un coup violent au côté gauche. Ça fait très mal à l'Algérien et ça fait très mal à son public qui hurle sa haine du grand Noir. « Kahlouch ! », « Nigro ! », « Moussekh ! » entend-on.

Derrière les cordes Paul Gorgeman et Shouff se foutent des insultes, eux, ils sont blancs. Ils exultent car ils savent désormais qu'ils tiennent un boxeur qui a l'étoffe d'un champion.

4e reprise.

L'arbitre discute avec le camp de Lacheraf. Son entraîneur hurle en arabe. Le boxeur implore l'arbitre : il va bien, il va massacrer le *kahlouch*.

Le gong sonne la reprise du combat.

Lacheraf fonce sur son adversaire, celui-ci s'écarte d'un mouvement latéral et l'autre va s'écraser dans les cordes. Il se retourne et envoie un pauvre swing.

— Vas-y ! hurle l'entraîneur blanc à son boxeur noir.

Alors, Gatama place un terrible uppercut en contre qui touche le menton de son adversaire. Quelque chose craque dans sa mâchoire. Mohamed Lacheraf reste debout mais marche en crabe. L'arbitre lui demande si ça va, le boxeur a les yeux dans le vide. L'arbitre arrête le combat.

Gatama gagne son premier combat à l'étranger.

Après ce combat, il y croit. Il accepte de faire confiance au Buffle blanc. Il sent que celui-ci peut l'emmener très haut. Peut-être jusqu'en Europe.

L'entraînement est aussi plus dur, plus professionnel. Gatama travaille sur des machines de musculation modernes, ses sparring-partners sont des boxeurs professionnels à la retraite ou en mal de victoires. Le jeune Rwandais gagne aussi en muscles, son nez s'épaissit, ses arcades sourcilières durcissent sous les coups. Il court beaucoup et rapidement, son souffle devient puissant, son corps résistant. Il se transforme en vrai boxeur professionnel.

Peut-être que ses gants blancs lui portent chance après tout. Il ne congédiera ni Gorgeman, ni Shouff.

Shouff lui trouve d'autres combats, rarement au Rwanda. Gatama n'en perd aucun, on dit de lui qu'il a l'étoffe d'un champion d'Afrique. Deux fois seulement, les arbitres jugent le match nul malgré les hurlements de Gorgeman.

L'argent rentre. Pour l'instant, Gatama n'en voit pas la couleur. Shouff lui dit qu'il n'en a pas besoin, son seul souci est son entraînement.

— Ton argent est placé sur un compte, il fait des petits. Boxe, boxe, boxe. L'argent, tu le trouveras après.

Gatama n'aime pas ça. Mais ses entraînements et les combats lui prennent effectivement tout son temps, le reste il le passe à dormir.

Puis, en décembre 1998, alors que le nord de la République démocratique du Congo est à feu et à sang, que des factions rebelles menacent la capitale, le championnat d'Afrique des poids welter WBA-WBC est organisé sur le parking du Grand Hôtel de Kinshasa. C'est une vaste opération de communication de l'entourage de Laurent-Désiré Kabila. Peut-être quelque conseiller a dans l'idée de reproduire ce qu'a fait Mobutu en 1974 avec le combat Foreman-Ali. C'est aussi sans doute une façon de masquer l'autocratie du président. Les médias internationaux racontent comment Kabila nomme les députés, promulgue arbitrairement lois et règlements, emprisonne les opposants politiques et les journalistes, en fait tuer certains.

Trois jours avant Noël, François Gatama débarque à l'aéroport entouré de son entraîneur et de deux gardes du corps d'une société militaire privée sud-africaine. Les types sont armés de fusils d'assaut et portent des lunettes noires.

— Ce sont des pros eux aussi, tu n'as rien à craindre, lui confie Gorgeman lorsqu'ils descendent de l'avion.

La capitale est une ville en état de siège, le pays est au bord du chaos. On peut lire la crainte dans les yeux des habitants qui regardent de biais le 4 × 4 de luxe du boxeur fonçant à tombeau ouvert à travers la ville. La peur flotte dans les rues, comme avant le 7 avril 1994, à Kigali.

Mais ce n'est pas le problème du jeune boxeur. Son problème, c'est de remporter son combat. S'il gagne le double titre, il part pour l'Europe ou l'Amérique du Nord, lui promet Shouff en le serrant dans ses bras à l'entrée de l'immense tente installée sur le parking du palace.

Les spectateurs sont tous de riches hommes d'affaires ou des membres du gouvernement. La guerre qui ravage leur pays n'est apparemment pas leur problème. Ils sont venus voir un beau spectacle et on leur a assuré qu'ils le verront.

Les journalistes sportifs qui ont fait le déplacement sont unanimes : au mieux le Rwandais peut décrocher un match nul. Et encore, avec beaucoup de chance. La plupart considèrent que Dejiro Rafini, le Nigérian, va écraser Gatama qui finalement a construit son début de carrière dans un pays dont la plupart des boxeurs ont déserté les rings après le génocide. En fait, les journalistes comme les spectateurs viennent assister à une mise à mort. Une mise à mort sur un ring peut être un beau spectacle et puis, en ces temps de guerre, les spectateurs ne risquent pas d'écoper d'une balle perdue.

Il y a un flottement palpable dans le staff du Rwandais. Paul Gorgeman, lui-même, doute. Il s'éclipse un moment pour jeter un coup d'œil à l'adversaire de son boxeur. Lorsqu'il revient, la grimace qui déforme sa bouche est celle d'un entraîneur qui se demande s'il ne devrait pas plutôt jeter l'éponge. Son boxeur peut continuer sa carrière à un niveau qui n'est pas celui de Dejiro Rafini, c'est évident. Mais une défaite sur KO pourrait briser net cette carrière.

Il s'entretient un instant avec Shouff qui secoue sa chevelure rousse énergiquement. Trop d'argent a été versé pour faire marche arrière. François Gatama sait que son imprésario ne pourrait pas rembourser ce qu'il a déjà encaissé. Impossible de faire marche arrière, donc.

Gatama est peut-être le seul à croire en ses chances.

Il fait face à son entraîneur.

— Il risque de te faire mal, murmure celui-ci. Il y a un truc qui cloche, ce type est un super-welter. Je l'ai vu, il approche les 70 kg.

— Ce garçon n'a pas survécu à ce à quoi j'ai survécu.

Le Buffle rigole, un peu ironique, gêné aussi.

— C'est de la boxe, ici, François.

— La boxe et la vie, c'est la même chose, répond Gatama en serrant les dents. Si tu n'es pas le plus rapide, le meilleur, tu finis dans une fosse commune, taillé par les machettes.

Gorgeman observe son boxeur.

— Tu crois que ce garçon va m'attraper et me coucher dans une fosse commune, Paul ? Si tu crois ça, tu te trompes parce que la vie et la boxe, c'est la même chose.

Le Buffle blanc sourit mais cette fois l'ironie a disparu.

— Fais-nous voir ça, alors.

Il lui applique de la vaseline sur le visage et lui glisse son protège-dents dans la bouche.

Le jeune homme passe entre les cordes et lève les bras au ciel en sautillant. Il se cale dans son coin, son cœur bat à tout rompre. L'envie de cogner qui monte en lui, cette envie pulsionnelle, presque malsaine, est pareille à celle qui l'a poussé à reprendre la boxe des années auparavant. Il va cogner comme jamais.

Le Nigérian Dejiro Rafini pénètre à son tour sur

le ring. Les cris du public sont en sa faveur, pas de doute.

À voir le boxeur qui s'avance, on comprend immédiatement pourquoi. Sa démarche, son regard, sa tête rentrée dans les épaules, tout pousse à croire qu'il est né pour gagner. Il est grand, un mètre quatre-vingts au moins, il doit avoir une allonge incroyable. Et il paraît effectivement lourd, trop lourd pour un welter. Tout le monde sait qu'il a combattu en catégorie moyen deux ans auparavant. Quelques semaines plus tôt, il vient surtout de mettre KO l'Américain Pernell Whitaker à Las Vegas. Lui aussi veut le double titre et lui aussi ira jusqu'au bout.

Championnat d'Afrique des poids welter WBA-WBC.
Kinshasa. Le 21 décembre 1998.

1re reprise.

Les deux boxeurs se gardent à distance. Rafini a un sourire supérieur en regardant les gants blancs, un sourire presque invisible qui lui déforme les lèvres. La foule l'encourage. Gatama entend même un « Abatutsis ! ». Il n'en revient pas, se déconcentre un instant et reçoit un double jab en pleine face. Est-ce que les gens vont faire comme si tout ça n'avait été qu'un mauvais rêve ? Comme si les massacres n'avaient été qu'un mauvais rêve ? Un direct le touche au rein, la douleur irradie toute la ceinture abdominale mais le réveille aussi.

— François, bouge, bon Dieu, bouge ! hurle Gorgeman en serrant la serviette autour de son cou.

Gatama reprend sa danse. Pour l'instant, il n'a que ça à faire.

Il sait qu'il ne faut pas rechercher les faiblesses de son adversaire. C'est une perte de temps. Ces faiblesses peuvent être améliorées durant le combat, c'est le Vieil Adam qui le lui a dit, il y a bien longtemps. Non, ce qu'il faut, c'est trouver les habitudes, les bonnes habitudes, de l'adversaire. Les coups qu'il aime envoyer, les feintes qu'il aime employer, les positions qu'il aime adopter. Et ce sont ces habitudes dans lesquelles il faut s'immiscer.

Il tente un direct du droit suivi d'un direct du gauche mais le Nigérian bloque à chaque coup. Il s'en faut de peu qu'un jab en contre ne le touche à la tempe. Avec ses longs bras, Rafini a une détente surpuissante.

La cloche sonne la fin du round.

Lorsqu'il rejoint son coin, un homme assis au second rang le montre d'un index vengeur puis passe son doigt lentement sur sa gorge. Gorgeman saisit Gatama par le bras et l'assoit sur son tabouret.

— Reste concentré, François.

2e reprise.

— Continue comme ça, François. Il est à bout.

Gatama va leur faire payer. Il va leur faire payer leurs cris, leurs coups de machette, leurs massacres, la mort du Vieil Adam, de Dafroza, de tous les siens. Il fonce sur son adversaire. Il envoie une noria de coups, se remet en garde et frappe à nouveau comme s'il avait devant lui un punching-ball. Le

Nigérian tente à nouveau de pénétrer la garde de son adversaire. Il reçoit un direct gauche sur l'oreille. Il ferme les yeux l'espace d'une fraction de seconde, Gatama en profite pour tomber en avant, ce qui incite l'autre à tenter un autre jab, mais le Rwandais évite facilement le coup en portant sa tête en arrière et en courbant le dos, puis il enfonce la défense adverse avec un parfait contre du droit.

Dejiro Rafini va au tapis.

L'arbitre compte jusqu'à trois, le Nigérian se relève, du sang coule de ses narines et il se tient le menton.

Ses jambes ne semblent pas très sûres lorsque Gatama le bombarde de coups, l'autre baisse la tête derrière ses poings. On sent qu'il attend la fin du temps réglementaire. Le Rwandais le relève d'un direct au foie.

Le gong sauve le Nigérian.

La foule hurle sa colère contre Gatama. Lui s'en fiche, la sienne de colère va seulement servir à abattre son adversaire.

— Abatutsis ! Abatutsis ! crient quelques spectateurs hors d'eux.

3e reprise.

— Maintenant tu lui broies les bras, ordonne Gorgeman avec un sourire satisfait.

Désormais Gatama sait bloquer les coups lourds du Nigérian. Il met en pratique ce que lui a appris son entraîneur, des heures durant. Sa défense d'avant-bras en triangle lui permet de dévier les directs et les jabs. Il feinte et se laisse à nouveau tomber en avant. Le Nigérian croit encore qu'il va pouvoir toucher mais Gatama dégage sa tête et le haut de son corps, garde ses jambes presque collées à celles de son adversaire et il tape comme un sourd sur les longs bras.

La foule crie. Quelques spécialistes savent ce qu'est un broyage de l'avant-bras. Ça fait mal, ça coupe le souffle et ça casse la volonté.

Le Nigérian est très grand, il parvient encore à repousser le Rwandais. Celui-ci cherche à donner le coup de grâce, sinon, les rounds vont s'enchaîner. Lui-même ressent la fatigue, se sent moins efficace.

Il feinte à nouveau, tape une nouvelle fois à l'avant-bras, provoque une grimace de douleur insupportable sur le visage congestionné de Rafini. Un flash d'appareil photo a claqué et le reporter a sifflé entre ses dents. Gatama l'a vu, il l'a regardé une fraction de seconde de trop. Rafini envoie un uppercut en contre qui fait mouche.

Des étoiles scintillent dans les yeux de Gatama. Le coup n'était pas très bien ajusté, ça l'a sauvé d'un knock-down fâcheux. Les juges ont certainement noté cette erreur.

4e reprise.

Gorgeman applique de la vaseline sur le visage du boxeur en évitant les coupures sur les arcades sourcilières et les pommettes.

— Casse-lui le cou, François. Aux points, tu n'es pas vainqueur pour l'instant. Tu laisses tomber ses bras, tu lui casses le cou maintenant.

Gatama jette un coup d'œil aux juges qui rigolent

en bas du ring. Il croit voir l'un d'eux faire un signe de tête à l'entraîneur du Nigérian.

Une main lui serre l'épaule.

— Tu es un grand boxeur, François.

Gorgeman applique du coagulant sur les coupures, ça fait un mal de chien.

Shouff transpire anormalement, lui aussi sait qu'aux points son boxeur perd.

C'est bon, ça a trop duré, se répète Gatama en se relevant de son tabouret.

L'arbitre lance le combat.

Gatama envoie une série de directs en hauteur et stoppe la charge de son adversaire. Il lui met alors un crochet dans le foie. L'autre essaye d'enchaîner mais Gatama glisse au travers de ses coups. C'est lui qui donne le tempo.

Les spectateurs sont déchaînés. Des sifflets fusent à destination de Rafini lorsque ses jabs partent dans le vide.

Alors, Gatama lance un uppercut et enfonce son bras gauche dans le cou du Nigérian. La douleur l'immobilise et il baisse sa garde, laissant pénétrer les deux gants blancs qui le percutent en plein nez.

Un long cri monte de la foule lorsque Dejiro Rafini s'écroule sur le ring dans un bruit sourd.

L'arbitre compte jusqu'à dix.

François Gatama est champion d'Afrique.

CINQUIÈME PARTIE

> Il y a toujours des raisons au meurtre d'un homme.
>
> Il est, au contraire, impossible de justifier qu'il vive.
>
> ALBERT CAMUS, *La chute*

— François Gatama est champion d'Afrique. Et il part pour l'Europe. Pour la France exactement. On est au début de l'année 1999.

— Et après ? fait Justine Hidalgo en tapotant une mélodie sur la chemise cartonnée d'un dossier posé sur son bureau.

Devant elle, Dafroza Rwigyema semble un peu déboussolée comme si d'avoir raconté l'histoire de son ancien petit ami l'avait doucement mais sûrement assommée. C'est aussi en grande partie ses souvenirs qu'elle vient de se remémorer.

À droite d'elle, se trouve le colonel Jean Dante. Lui, il regarde fixement ses mains posées sur ses genoux. La juge sait qu'il vient de prendre brutalement conscience de tout ce qu'on lui avait caché jusqu'alors. Même en tant que militaire habitué à obéir à des ordres parfois absurdes, il doit être blessé qu'on ait pu lui cacher tant de choses à propos de l'enquête qu'il dirige pourtant officiellement. À moins que l'histoire de Gatama ne ravive également chez lui quelques douloureux souvenirs. Hidalgo sait que le gendarme a été en poste à Kigali lors du génocide, en 1994, et qu'il a été l'un des rares Français à rester sur place jusqu'à l'arrivée des rebelles du FPR. Qu'a-t-il vu alors?

À gauche de Dafroza Rwigyema, Tue-mouche regarde le plafond comme si la présence d'une juge et celle d'un officier de la gendarmerie étaient embarrassantes. Et peut-être le sont-elles en effet. Pour ce qu'elle en sait, Tue-mouche est un ancien officier du 68e régiment d'artillerie d'Afrique. On pourrait le qualifier de chien de guerre dans un mauvais roman policier. Il s'est trouvé sur de nombreux théâtres d'opérations où des massacres de masse ont eu lieu. Certains de ces endroits, elle a eu l'occasion de les visiter pour son travail : Cambodge au début des années 1990, Rwanda en 1994, ex-Yougoslavie jusqu'en 2000. Elle pense qu'à partir de 2003 il a fait partie des forces spéciales en poste en Afghanistan. Celles qu'on a envoyées du côté de Spin Boldak ou de Jalalabad sans ordre officiel. Il semble encore appartenir aux effectifs de la DGSI ou à la DGSE. C'est pour ça que le ministère de la Défense l'a mis sur l'affaire du colonel Dante. Pour ça et parce que, évidemment, il connaît très bien Dafroza Rwigyema.

— Après, on change de siècle, on change d'époque, madame la juge, reprend Dafroza avec un petit sourire comme si elle non plus ne croyait pas qu'on pouvait changer d'époque. François Gatama boxe en France. Il ne se débrouille pas trop mal. Une quinzaine de combats professionnels qu'il remporte tous, je crois.

— C'est là qu'il entre en contact avec vous ?

— Non. J'ai revu François plus tard, en 2005 ou 2006. Un soir, il était en bas de chez moi. On a discuté assis sur les escaliers de l'immeuble. Il ne voulait pas monter chez moi, je pense que la police le recherchait déjà.

« Il avait évidemment arrêté la boxe depuis quelques années. On a retrouvé la trace de son dernier combat. Le seul qu'il ait perdu en fait. C'était à Poissy en janvier 2001. On l'appelait "le Rwandais sorti vivant des massacres interethniques de 1994". Le champion de Guyane et des Caraïbes l'a battu ce soir-là. KO.

« Son entraîneur a dit qu'après il était incapable de remonter sur le ring. Il paraît que l'on appelle ça un KO mental, chez les boxeurs. Un journaliste de *L'équipe* a essayé de l'interviewer mais il n'a jamais pu le rencontrer. C'est à ce moment qu'on perd sa trace.

— On ne perd pas vraiment sa trace, en fait, dit Hidalgo.

Elle sort quelques feuilles de l'épais dossier devant elle en faisant un signe de tête à Dante.

— C'est le moins qu'on puisse dire, madame la juge, admet celui-ci. Votre petit ami, Dafroza, a peut-être abandonné les rings de boxe mais il s'est trouvé un autre sport de combat : le braquage.

— Ce n'était plus mon petit ami à l'époque, colonel. Je croyais même qu'il était mort. Avant de le revoir ce soir-là, devant chez moi.

— Il est soupçonné d'une quinzaine de braquages, continue Hidalgo. Tiens, comme le nombre de combats qu'il a gagnés en France. Sauf que sur les rings, il n'a jamais tué personne, n'est-ce pas ? Là, on lui attribue aussi la mort de deux convoyeurs de fonds et d'un policier. Et puis, il vendait aussi des armes à des gens qui s'en servent pour en tuer d'autres.

Tue-mouche lâche un petit rire. Ses cheveux presque blancs brillent sous la lumière crue des néons du plafond. Il a sans doute quelques doutes sur la capacité de la police ou de la gendarmerie à stopper un type qui commet une quinzaine de braquages et qui dépèce six types en disposant leurs restes comme s'il faisait de l'art.

Dante regarde Tue-mouche et se mord l'intérieur de la bouche :

— Là aussi, on va finir par lui mettre un KO mental, ne vous inquiétez pas, madame la juge.

Hidalgo sourit à Dante.

— Oui mais ce n'est pas de notre ressort. La BRI est sur le coup. Et il paraît qu'ils l'ont dans leur ligne de mire.

— Sauf que si c'est Gatama qui s'amuse à torturer et à assassiner des ressortissants étrangers aux quatre coins du pays, et que c'est dans un but politique, là c'est de notre ressort.

— C'est ce qu'il semble en effet, n'est-ce pas, madame Rwigyema ?

Dafroza Rwigyema a peut-être envie d'interroger du regard Tue-mouche. Mais sa tête se penche seulement, ses yeux restent fixés sur ceux de la juge.

— C'est possible, oui.

La juge s'avance sur son bureau et pose son menton dans ses mains.

— Peut-être que M. Tue-mouche pourrait nous éclairer sur ce point ?

Tue-mouche fait craquer son cou de taureau.

— Pour nous, oui, c'est François Gatama qui se venge. Et c'est politique.

— C'est qui ce *nous*, s'il vous plaît ? fait Dante, acide.

Tue-mouche a un nouveau petit rire désagréable.

— Gatama a déjà tué Ferdinand Mugesera et Casimir Nsegiyumya dans le sud de la France, Marcel Bizamungu et Boniface Nzabimana, dans l'Essonne, et deux autres types en Bretagne, dont l'identité va bientôt nous être confirmée…

— Merde ! C'est qui ce nous, Tue-mouche ? répète Dante en tapant sur l'accoudoir de sa chaise.

Tue-mouche adresse un regard à Hidalgo, la juge hoche la tête.

— Disons, pour faire simple, la direction générale de la Sécurité intérieure, colonel, répond l'ancien officier avec un large sourire.

Sombre connard, pense Dante.

— Tous ces types sont des anciens génocidaires hutus, c'est avéré. Ils vivaient tranquillement en France et Gatama les a débusqués. Il les a enlevés, leur a administré un cocktail de drogue – sans doute de l'héroïne et du Butorphanol à haute dose – et il les a découpés vivants. Entre nous soit dit, je n'aurais pas aimé être à leur place, ils ont dû déguster sévère.

— On se passera de vos commentaires, monsieur Tue-mouche, dit Justine Hidalgo.

— Bien, madame la juge. Alors sans commentaire, on a donc six morts sur les bras et trois disparitions inquiétantes. Des Hutus qui ont pas mal de sang sur les mains aussi : Télesphore Ndahimana, Sylvère Seromba et Marie-Ange Kagabo. On pense que Gatama les a enlevés.

— Une femme ? s'étonne Hidalgo en se laissant retomber au fond de son fauteuil.

Tue-mouche fait une grimace.

— Une femme, une femme, c'est beaucoup dire. Je dirais plutôt une sorcière, moi.

— Monsieur Tue-mouche ! ordonne la juge. Je vous ai dit qu'on se passera de vos commentaires.

— Ce que je veux dire c'est que Marie-Ange Kagabo n'a rien à envier à ses collègues masculins. Elle a alimenté les bordels du sud du Rwanda pendant les cent jours des massacres, et après dans la zone Turquoise. Elle forçait les jeunes rescapées tutsies à se prostituer. Et puis, elle aussi savait jouer de la machette.

Justine Hidalgo ferme les yeux un instant. À chaque fois qu'elle entend un témoignage d'un rescapé ou d'un bourreau, elle ne peut s'empêcher de penser que l'humanité porte en elle une violence impossible à faire taire.

— J'ai été l'une de ces jeunes rescapées, dit Dafroza Rwigyema.

Tue-mouche a un geste surréaliste aux yeux de Dante et d'Hidalgo : il pose délicatement sa main immense sur celle très fine et nervurée de la jeune femme. Celle-ci ne peut s'empêcher de lui sourire.

— Comment vous pouvez être certain qu'il s'agisse de François Gatama ? fait alors Dante.

— Il se trouve qu'après les attentats de *Charlie Hebdo* l'entourage des frères Kouachi a fait l'objet d'une surveillance étroite de la DGSI. Un type a été serré en possession d'armes que lui avait vendues Gatama.

« Le type a tout balancé pour éviter une trop lourde peine. Selon lui, Gatama affirmait avoir une mission à remplir et qu'il ne pouvait pas continuer à lui vendre des flingues. Ce qui n'a pas plu à notre gus qui revendait les armes à des mecs qui ne rigolaient pas. Il s'est mis dans l'idée de suivre Gatama. C'est comme ça, apparemment, qu'il l'a vu embarquer un prêtre et un chauffeur de taxi. Des Noirs. Les cadavres qu'on a retrouvés dans l'Essonne. CQFD.

— CQFD…, répète Hidalgo, les yeux dans le vague.

Elle arrête de tapoter la mélodie sur son dossier, elle ne reconnaît pas le *Boléro* de Ravel.

— Quel est le programme maintenant ? fait Dante en se levant de sa chaise.

— On attend que vos collègues de la BRI fassent leur boulot, colonel.

Tue-mouche, cette fois, éclate de rire.

Dante pense que les flics de l'antigang sont tout sauf ses collègues.

~

Il est tard. Son mari et ses fils doivent avoir commencé à manger. Ce soir-là, ses beaux-parents sont invités. Elle arrivera pour le dessert, c'est mieux.

À la lumière de la lampe de son bureau, Justine Hidalgo feuillette un lourd dossier que vient de lui apporter un greffier du pôle Génocide du tribunal de grande instance de Paris. Elle a dit au greffier de rentrer chez lui.

Le dossier concerne un certain Wenceslas Munyeshyaka, un prêtre qui dirigeait la paroisse de la Sainte-Famille à Kigali lors du génocide de 1994. Le procureur du Tribunal pénal international pour le Rwanda accuse le vicaire de « génocide, de viol constituant un crime contre l'humanité, d'extermination constituant un crime contre l'humanité, et d'assassinat constituant un crime contre l'humanité ».

Elle inspire longuement comme un plongeur qui s'apprête à plonger en apnée. Elle sent bien que c'est ridicule mais c'est presque un tic lorsqu'elle se lance dans la lecture du curriculum vitae d'un inculpé. Elle ne fait cela que lorsqu'elle est seule.

Le 13 avril 1994 ou vers cette date, dans l'enceinte de la paroisse de la Sainte-Famille de Kigali, le père Wenceslas Munyeshyaka, dans l'intention de détruire en tout ou en partie le groupe ethnique tutsi comme tel, a abattu une jeune Tutsie âgée de dix-huit ans qui était la fille de Rose Rwanga.

Le 13 avril 1994 ou vers cette date, dans l'enceinte de la paroisse

de la Sainte-Famille de Kigali, le père Wenceslas Munyeshyaka, dans l'intention de détruire en tout ou en partie le groupe ethnique tutsi comme tel, a abattu un jeune Tutsi âgé de vingt ans qui était le fils de Rose Rwanga.
Le 13 avril 1994 ou vers cette date, dans l'enceinte de la paroisse de la Sainte-Famille de Kigali, le père Wenceslas Munyeshyaka, dans l'intention de détruire en tout ou en partie le groupe ethnique tutsi comme tel, a abattu une jeune Tutsie âgée de vingt-deux ans qui était la fille de Rose Rwanga.

Elle tourne quelques pages et reprend sa lecture. Son regard est grave et ses doigts tapotent sur le bois du bureau un air d'elle seule connu.

Le 21 avril 1994 ou vers cette date, le père Wenceslas Munyeshyaka, au presbytère de la paroisse de la Sainte-Famille de Kigali, dans l'intention de détruire en tout ou en partie le groupe ethnique tutsi comme tel, a aidé et encouragé un Interahamwe à violer une jeune civile tutsie connue sous le pseudonyme de HH.
Le 21 avril 1994 ou vers cette date, le père Wenceslas Munyeshyaka, au presbytère de la paroisse de la Sainte-Famille de Kigali, dans l'intention de détruire en tout ou en partie le groupe ethnique tutsi comme tel, a aidé et encouragé un Interahamwe à violer une jeune civile tutsie connue sous le pseudonyme de BFY.
Le 21 avril 1994 ou vers cette date, le père Wenceslas Munyeshyaka, au presbytère de la paroisse de la Sainte-Famille de Kigali, dans l'intention de détruire en tout ou en partie le groupe ethnique tutsi comme tel, a violé une jeune civile tutsie connue sous le pseudonyme de GG.

Elle referme le dossier.
Munyeshyaka était réfugié en France depuis de

longues années. L'Église lui a apparemment offert asile, en Ardèche d'abord, dans l'Eure ensuite. Justine Hidalgo ne l'a pas lâché et l'a poursuivi pour son implication présumée dans le génocide. Elle ne l'aurait lâché pour rien au monde. Même lorsque sa hiérarchie lui a demandé s'il était nécessaire de faire du prêtre le symbole d'une justice qui, peut-être, s'acharne. Même lorsque le Tribunal pénal international s'est dessaisi des poursuites, en novembre 2007.

En 2007, les juridictions françaises ont récupéré le cas Munyeshyaka, avec l'accord du TPI. Il y a quelques jours, son enquête terminée, la juge Hidalgo a transmis ses conclusions au parquet. Désormais, elle attend.

Elle attend et elle a une pensée folle, qui contredit finalement tout ce pour quoi elle se bat dans son travail. Elle voit François Gatama attraper Wenceslas Munyeshyaka et lui faire subir ce qu'il a fait subir à ses victimes. Et elle en éprouve un sentiment de soulagement.

Elle referme le dossier.

Peut-être qu'elle devrait abandonner le pôle Génocide. Passer à autre chose, à quelque chose de moins désespéré. Peut-être parce qu'elle ne dispose plus de toute son impartialité.

Ce soir, elle n'a pas vraiment envie de se retrouver en tête à tête avec le père et la belle-mère de son mari. Mais elle n'a pas le choix.

~

— Trois capitaines, ça ne fait pas beaucoup pour un seul groupe ?

Le capitaine Grégoire D'entrerroches, le capitaine Matthias Goldberg et leur chef de groupe la capitaine Samira El Jai regardent la lieutenant Julia Floc'h dans l'obscurité de l'habitacle. Celle-ci sourit.

D'entrerroches secoue lentement la tête.

— Il se trouve qu'un certain capitaine Goldberg et une certaine lieutenant Floc'h nous ont foutus sur un coup foireux il y a un an, Porte-de-la-Chapelle, Samira et moi.

Il se retourne vers la banquette arrière où se trouvent Goldberg et Floc'h.

— Et il se trouve que la carrière de deux capitaines a été un peu ralentie, si tu vois ce que je veux dire, Julia.

— La mienne aussi a été ralentie, Grégoire, dit Goldberg.

— Oui mais c'est un peu de ta faute. À toi.

El Jai continue à observer l'entrée de la grande villa avec de petites jumelles à infrarouge. Deux lampadaires donnent une lumière blafarde au portail d'entrée. Elle semble réfléchir quelques instants :

— Si on met la main sur Gatama, on peut espérer que le plantage de la Porte-de-la-Chapelle ne soit plus qu'un mauvais souvenir pour nous.

Elle sourit à D'entrerroches à côté d'elle et jette un coup d'œil par-dessus son épaule.

— Un mauvais souvenir pour nous, Grégoire.

Parce qu'à mon avis la carrière de Matthias et de Julia est à son maximum aujourd'hui.

— Rien à foutre, grogne Goldberg. Je me vois mal commissaire, moi.

— Voilà qui nous rassure, se marre D'entrer-roches.

La 607 Peugeot de la Brigade de recherche et d'investigation de la police judiciaire planque depuis deux heures au fond d'une rue de Magny-les-Hameaux, dans la vallée de Chevreuse. Comme depuis quinze jours.

Bien sûr que les trois capitaines sont placardisés. De l'acronyme BRI, il ne leur reste plus grand-chose. Leur hiérarchie les a assignés à un boulot de surveillance et ils ne dirigent même pas l'enquête. Une affaire qui concerne un Rwandais braqueur de banque, également trafiquant de flingues, soupçonné du meurtre rituel de quelques-uns de ses compatriotes. Ou à peu près, ils n'en savent pas plus.

El Jai est censément l'une des boss de la BRI. Chef de groupe et bras droit du commandant Pécheu pendant plusieurs années, elle aurait dû en prendre la suite. En pratique elle vient de se faire rétrograder. Officiellement pour restriction budgétaire : son salaire ne peut être augmenté immédiatement, il faut laisser passer le prochain exercice budgétaire.

Elle plaisante avec ses collègues sur les absurdités de l'administration mais une rage sourd en elle. Elle se fiche de son salaire, ce qu'elle voulait c'est montrer qu'elle est capable de diriger la brigade. Comme n'importe quel homme. Si Pécheu n'avait pas pris sa retraite, il l'aurait défendue bec et ongles. Mais le vieux s'est pris une balle deux ans auparavant dans une histoire de trafic d'armes et de fanatique religieux, il n'a pas supporté. En attendant, l'intervention musclée Porte-de-la-Chapelle quelques mois auparavant lui a effectivement valu un freinage brutal de carrière. D'entrerroches, lui, ne semble pas très affecté par le côté routinier de son travail, il doit penser à sa fille, à sa femme Maryline. Quant à Goldberg et Floc'h, El Jai croit savoir qu'ils ont déjà eu des velléités de démission et que leur rôle de flics en bisbille permanente avec la hiérarchie leur plaît bien.

Alors en attendant le nouvel exercice budgétaire, Samira El Jai patiente. Elle fait son boulot comme d'habitude et se donne des airs cool. Comme d'habitude. Même lorsqu'elle planque pendant des heures dans une petite rue de la banlieue parisienne avec comme seul plan d'action la possibilité qu'un type recherché pointe son nez.

— Il pointe sa gueule ! s'exclame Goldberg en dirigeant son doigt vers une Audi A6 qui se gare devant la maison.

De la berline grise sort un homme noir, vêtu d'un blouson de cuir et d'un pantalon gris. Sa démarche est athlétique, souple, presque féline comme celle d'un boxeur.

Un autre homme reste derrière le volant.

— Il va ressortir, dit El Jai en dégainant son semi-automatique.

Les autres l'imitent. Quatre balles sont chambrées

dans un même double clac. Puis les flics enfilent leur brassard police.

— Il va ressortir et on le tape à ce moment, continue la flic. Grégoire, tu coinces la bagnole. Matthias et Julia vous vous rapprochez discrètement.

Goldberg ouvre doucement sa portière, lui et Floc'h se glissent à l'extérieur. Ils avancent pliés en deux, cachés derrière les voitures garées le long du trottoir. De l'autre côté de la rue, l'Audi est restée moteur allumé.

Cinq minutes filent.

El Jai commence à se demander s'il n'aurait pas mieux valu attendre les renforts de la BRI-BAC. À cette heure-ci, dans ce coin de la région parisienne, il aurait fallu au moins une heure.

Trop tard. L'homme noir réapparaît sur le perron de la maison. Il porte un petit sac à dos sur l'épaule.

Tout va très vite.

La 607 de la BRI démarre. D'entrerroches vient freiner devant l'Audi. El Jai bondit et pointe son Sig-Sauer sur le conducteur. Celui-ci lève les mains, ses yeux témoignent de la peur et de la stupeur qui le paralysent.

Goldberg et Floc'h sont apparus devant la grande maison.

— Bouge plus, Gatama ! hurle Goldberg.

Les deux flics voient l'arme qu'il vient de sortir de sous son blouson. Un fusil-mitrailleur ultra compact.

Il arrose.

Goldberg et Floc'h plongent chacun derrière

le mur d'enceinte, de part et d'autre du portail d'entrée.

El Jai a tourné la tête vers la maison, le conducteur de l'Audi en profite pour ouvrir sa portière d'un violent coup de pied. La tête de la jeune femme est percutée par la vitre.

Elle est au sol. Elle hurle.

D'entrerroches, toujours derrière le volant, tire deux coups de feu sur le conducteur. Les balles traversent l'habitacle et font exploser les vitres sans toucher l'homme.

Une rafale touche la 607.

L'homme au fusil-mitrailleur s'avance, il a l'air serein comme si le combat sur le ring ou face à des flics dans la rue était une question de concentration, une question d'entraînement.

— Reste couchée, Samira ! gueule D'entrerroches en s'extirpant de son véhicule.

Il se colle contre le bitume et voit Samira El Jai au sol, de l'autre côté de la voiture, le visage en sang.

L'homme noir tire deux autres rafales en direction de Goldberg et de Floc'h. Les balles touchent le mur d'enceinte, un peu trop haut au-dessus des têtes des flics recroquevillés. Floc'h tire à son tour un coup en direction de l'Audi, au hasard, elle ne peut pas viser.

El Jai croise le regard de Gatama. Il est plus vieux que sur les photos de l'avis de recherche mais son regard est le même, incroyablement triste.

Gatama fonce dans l'Audi qui démarre dans un bruit de gomme.

Les flics restent paralysés quelques secondes.

— Tout le monde est OK ? fait D'entrerroches en contournant la 607.

— Ça va, répond Floc'h.

Goldberg l'aide à se relever. Ils se sourient.

D'entrerroches se baisse alors vers elle.

— Il m'a pété le nez, ce con, gémit-elle les doigts tenant ses arcades sourcilières.

Elle parvient à s'asseoir sur le bitume froid.

— Je me suis fait avoir comme une conne.

— Il avait un fusil-mitrailleur, Samira. On s'est tous fait avoir.

Il lance un regard aux deux autres flics qui restent debout devant lui, les bras ballants, leur pistolet à la main.

— Il n'y a pas eu de casse, c'est bon, Samira, continue-t-il en retirant délicatement les cheveux noirs qui collent au sang sur le visage de sa supérieure.

— Ce mec ne tirait pas pour tuer, dit Goldberg d'une voix brisée. Il avait un MP5K, le compact de Heckler & Koch avec un chargeur de trente cartouches, il aurait pu nous allumer.

Dans la rue, des habitants sont sortis de chez eux. Devant les maisons bourgeoises, des couples et des familles en pyjama ou chemise de nuit, le regard hagard, observent les quatre policiers.

— J'ai l'impression que mes trois capitaines vont rester encore quelque temps dans le même groupe, sourit Julia Floc'h en rengageant son arme dans son holster de ceinture.

Au loin, les sirènes des renforts commencent à réveiller la banlieue bourgeoise.

El Jai se dit qu'elle a peut-être la poisse.

~

Sylvain Morin appuie encore sur l'accélérateur.

L'Audi fonce vers Paris.

— Putains de flics ! On a été donnés, tu crois ?

— Non, je ne crois pas. Ils doivent avoir repéré toutes nos planques, répond François Gatama en rechargeant le chargeur de son petit fusil-mitrailleur.

Morin rattrape la nationale 118 à hauteur de Saclay. Il ralentit.

— On fait quoi maintenant ?

— On lâche la caisse en arrivant sur Paris et on va se trouver un hôtel quelque part vers les Champs-Élysées. Faut se planquer.

Gatama sent bien que ses vaisseaux sont en train de brûler. Les flics sont à ses trousses et mis à part Morin, il n'a plus beaucoup de ressources. Ses complices habituels ont préféré prendre leurs distances lorsqu'ils ont compris que Gatama était responsable des *crimes rituels* qui faisaient la une des journaux depuis quelques semaines. Les types qui montent sur des bracos sont des rationnels, les armes, le fric, la violence pour récupérer du fric, voilà tout ce qu'ils conçoivent comme possibilité pour mener une vie intéressante. Découper des mecs et les balancer dans des terrains vagues, ça leur file des sueurs froides. Morin, lui, est congolais.

Il sait ce qui s'est passé dans la région des Grands Lacs. Son père a été tué dans le Nord-Kivu à la fin des années quatre-vingt-dix. Il dit « Les Hutus ont fait beaucoup de mal, normal qu'on leur fasse beaucoup de mal en retour ». Alors il est resté avec François Gatama. Dans le petit sac à dos qu'il a récupéré dans la maison de Magny-les-Hameaux, il y a quarante mille euros, ou un peu moins. C'est tout ce qu'il lui reste de sa part des braquages. Il a fallu de l'argent pour louer les entrepôts et les véhicules, acheter le matériel, s'assurer le silence de beaucoup de gens, tout ce qui a servi en somme à faire *du mal en retour*.

À l'entrée de la forêt de Verrières, un 4 × 4 Toyota Hilux se positionne derrière l'Audi. Pleins phares.

— Qu'est-ce qu'il a ce connard ? fait Morin en manipulant le rétroviseur intérieur.

Le choc est terrible.

Le 4 × 4 a un pare-chocs avec support de treuil et pare-buffle.

— Fils de pute ! hurle Morin.

Avant qu'il puisse se dégager, un deuxième choc pousse l'Audi sur le bas-côté.

La berline grise fait un tête-à-queue.

Les roues arrière se soulèvent.

L'Audi fait trois tonneaux et vient s'encastrer dans un platane.

Le Toyota Hilux dépourvu de plaque minéralogique stoppe une centaine de mètres en avant. Un homme très grand, vêtu de treillis noir, s'approche de l'épave. Il porte un masque antipollution de motard, ses cheveux sont gris étincelant. À la main droite, il tient un fusil d'assaut Kalachnikov.

Il y a peu de véhicules sur la nationale à cette heure-ci. Pourtant une camionnette de livraison et une vieille BX Citroën se sont arrêtées au niveau de la carcasse. Les conducteurs s'apprêtent à en descendre pour aller aider les victimes. L'homme au masque pointe son arme en leur direction, terrifiés ils redémarrent et disparaissent dans la nuit.

Arrivé devant la voiture retournée sur le toit, l'homme a un moment d'arrêt devant une main qui se lève vers lui : c'est le conducteur qui demande de l'aide. Il vide son chargeur en sa direction en remontant méthodiquement vers l'arrière de la voiture. Les pneus éclatent, les vitres encore intactes explosent, la carrosserie étincelle.

L'homme retire le chargeur vide, jette un coup d'œil au cadavre du conducteur et enclenche un autre chargeur. Il fait feu à nouveau.

Puis il passe calmement la sangle de son AK 47 sur l'épaule et sort une grenade de la poche de son blouson, retire la goupille et la lance dans l'habitacle.

La carcasse s'enflamme.

~

Derrière les platanes, dans les fourrés, François Gatama aurait pu abattre l'homme au masque et aux cheveux argentés. Il n'a pas tiré. Il se dit qu'on va le croire mort pendant vingt-quatre heures et que ce temps lui permettra de se retourner.

Lorsque l'homme au masque et aux cheveux argentés est remonté dans son 4 × 4, il est sorti de sa cachette. Il a mal à la tête et il titube étrangement. Il essaye de marcher, une douleur lui transperce le corps.

— Putain de merde, grogne-t-il.

Il porte la main à son ventre. Une baguette en fer le transperce à la hauteur du foie.

~

Les quatre flics de la BRI sont comme abasourdis. Ils sont debout devant la carcasse calcinée de l'Audi A6 et fixent la tête grise du conducteur.

La capitaine El Jai a deux bouts de coton qui lui sortent des narines et son nez est gonflé et bleu.

D'entrerroches enfile un gant en latex, se baisse et ramasse une douille :

— C'est du 7,62 mm, dit-il. Ça ne m'étonnerait pas que ça provienne d'un AK 47 ou d'une variante.

— Ça te rappelle des souvenirs, hein ? fait El Jai avec un sourire cynique suivi d'une grimace de douleur.

Le flic au crâne rasé hausse les épaules.

Des types de la police scientifique s'affairent autour du véhicule retourné sur le toit. Ils ont revêtu leurs combinaisons blanches et prélèvent ce qu'ils considèrent comme des indices.

Des gendarmes en uniformes verts sécurisent le bord de la nationale 118.

Les véhicules qui l'empruntent ralentissent puis repartent en direction de Paris. Dans quelques heures, les conducteurs qui iront travailler feront de même et là, ça formera un embouteillage.

Samira El Jai s'approche d'un commandant de gendarmerie.

— Il y a combien de types à l'intérieur ? fait-elle en montrant la voiture calcinée d'un mouvement du menton.

— Un seul, répond l'officier. Celui-là, le conducteur apparemment.

Le gendarme a les bras croisés et l'air soucieux.

— Si vous voulez mon avis, c'est une scène de guerre, capitaine. Il y a une soixantaine de balles de gros calibre et on a balancé une grenade dans la bagnole. Sur une route départementale, à vingt kilomètres de Paris.

Son visage trahit son inquiétude, peut-être une résignation inquiète.

— Le ou les mecs qui ont fait ça sont des dingues. Ou alors ils sont vraiment décidés à ne laisser aucun survivant.

El Jai revient vers D'entrerroches en se mordillant les lèvres. Ça c'est son tic lorsqu'elle se sent un peu dépassée par la tournure des événements, sait son collègue.

— Gatama s'en est sorti, dit-elle.

— Il s'est sorti de quoi au juste, Samira ? fait D'entrerroches en reposant la douille au sol. Qui a essayé de le flinguer à ton avis ?

La capitaine ne répond pas, elle se retourne comme pour essayer d'imaginer la scène qui s'est déroulée moins d'une heure auparavant. Elle n'y parvient pas.

Goldberg et Floc'h s'approchent d'eux.

— Avec Julia, on se disait que peut-être…, commence Goldberg en se triturant son épaisse crinière noire, un peu gêné. Enfin, bon, on peut vous dire ce qu'on en pense ?

— Vas-y, Matthias, éclaire-nous de tes savantes lumières.

Julia Floc'h a un sourire étrange. D'entrerroches se dit qu'il y a quelque chose de plus que le boulot entre ces deux-là.

— Quelqu'un nous surveillait quand on planquait devant chez Gatama à Magny-les-Hameaux.

Les autres le regardent toujours, incrédules.

Goldberg n'en tient pas compte.

— Gatama nous aligne, il se tire et quelques minutes plus tard quelqu'un coince sa bagnole sur cette nationale et l'aligne à la Kalachnikov et à la grenade. Gatama était armé jusqu'aux dents et il se fait exploser comme un débutant. La coïncidence pour qu'il se fasse exploser comme ça, moi je n'y crois pas une seule seconde.

El Jai et D'entrerroches hochent la tête.

— Intéressant mais ça ne nous avance pas beaucoup, siffle El Jai.

— Sauf qu'on n'était pas les seuls à planquer cette nuit. Gatama avait cette maison à Magny-les-Hameaux, on sait qu'il avait d'autres planques, deux appartements en banlieue et même deux garages du côté de Chartres. Mais non, il se fait allumer après être passé dans sa bicoque.

Les deux flics restent impassibles devant la démonstration.

— La méthode employée et les informations nécessaires pour nous espionner, c'est du lourd, reprend Floc'h. Alors, on se demande si le ou les mecs qui ont eu Gatama et son copain, ils ne sont pas un peu trop pros pour être des truands.

— Qu'est-ce que vous essayez de nous dire, Kenzie et Gennaro ? fait D'entrerroches.

— Au mieux, ça pue la barbouze, au pire, ça sent les services secrets, conclut Goldberg avec un large sourire satisfait.

D'entrerroches et El Jai éclatent de rire. Celle-ci pose immédiatement sa main sur son nez douloureux en grognant.

— Faudra aller voir le toubib, chef, dit D'entrerroches avec un petit air paternel complètement déplacé.

Les deux autres flics plissent les yeux.

— Le type a quand même pris le temps de vider deux ou trois chargeurs et de balancer une grenade, dit Floc'h piquée au vif. Et les gendarmes ont reçu l'appel de deux conducteurs qui ont vu un mec fringué en ninja et armé d'un fusil d'assaut.

Elle tend une feuille de papier à El Jai.

Celle-ci parcourt la retranscription du témoignage et la passe à D'entrerroches :

— Le 4 × 4 du ninja n'avait pas de plaque d'immatriculation, lit-il.

— Franchement, reprend Goldberg, Gatama vend des armes et braque des fourgons en ce qui nous concerne. Mais on sait aussi qu'il a sans doute trucidé six mecs d'une manière un peu olé olé. Ça ne m'étonnerait pas que les mecs de la DGSI soient sur ses traces, aussi.

Les quatre flics décident d'attendre les premières conclusions des fonctionnaires de la scientifique. Goldberg et Floc'h fument des cigarettes appuyés contre la 607. À l'intérieur, El Jai et D'entrerroches lisent l'écran d'un ordinateur portable. Ils ont googlisé le nom de François Gatama et parcourent son curriculum de boxeur champion super-welter d'Afrique.

Déjà le flot des véhicules sur la nationale se fait plus dense. Les gendarmes tentent d'accélérer le trafic mais rien n'y fait : la curiosité malsaine est toujours plus forte que la possibilité d'être en retard au bureau ou à l'usine.

— On va se faire remonter les bretelles, tout à l'heure, au 36, dit D'entrerroches en envoyant un sms à sa compagne.

Il ne verra pas sa fille ce matin et Maryline devra encore s'en occuper seule. Ça fait presque trois semaines de suite. Il lui écrit qu'il est désolé, qu'il l'aime. Il ne croit pas que ça calmera ses inquiétudes.

— Sauf si, effectivement, quelqu'un nous a doublés là-bas à Magny-les-Hameaux. Dans ce cas, la fuite de Gatama n'est pas la connerie numéro 1, si tu vois ce que je veux dire. C'est la direction de la PJ qui va devoir assumer ses responsabilités…

— Arrête, ne me dis pas que tu crois le truc de Goldberg et Floc'h ! Ce sont des idées de paranoïaques. Ou de flics qui ont quelques soucis avec la hiérarchie. Goldberg a quelques soucis avec la direction de la PJ, non ?

— Va savoir.

Elle referme son ordinateur et passe sa main dans ses longues boucles noires.

— Kenzie et Gennaro, c'est qui ? fait-elle.

— Tu ne lis pas de polars, hein ? raille gentiment D'entrerroches.

— Non, ça m'emmerde : il y a toujours un serial killer, des complotistes francs-maçons ou nazis, et un vieux flic bourru qui mène l'enquête accompagné d'une jeune fliquette reubeu qui le trouve terriblement sexy. Ça m'emmerde, si tu savais.

— Tu as dû lire des mauvais polars.

— J'ai pourtant essayé de me fader ceux qui se vendent le mieux, les trucs qui font la une des magazines chaque année.

— C'est bien ce que je dis : tu as lu les mauvais polars.

À ce moment, le commandant de gendarmerie vient tapoter à la fenêtre d'El Jai avec un sourire blasé.

— Il y a des gens là-bas qui veulent vous parler, capitaine.

Il montre le bord de la nationale : une C8 Citroën est garée derrière le cordon de sécurité. À côté du véhicule, deux hommes et une femme regardent dans leur direction.

— Ça, si ce n'est pas des barbouzes ou les services secrets, je vous paye un gueuleton, lâche Goldberg en passant sa tête dans l'habitacle de la voiture.

El Jai se regarde dans le rétroviseur intérieur, elle retire les cotons de ses narines en serrant les dents.

— Le fils de pute, il m'a vraiment cassé le nez.

Elle sort de la voiture.

— Matthias, Julia, vous restez là.

D'une tape sur l'épaule, elle entraîne D'entrerroches avec elle.

— Nous, on va discuter barbouzeries et secrets d'État.

Le jour commence à poindre. Il fait tout à coup plus froid comme à chaque fois que la nuit se termine, songe D'entrerroches.

Le type leur fait un salut militaire – un salut militaire un peu sécularisé, rien de très protocolaire, mais un salut militaire tout de même.

Et de fait :

— Colonel Dante, se présente-t-il. Je dirige une enquête qui concerne au premier chef François Gatama.

El Jai et D'entrerroches lui serrent la main.

— Capitaine El Jai et capitaine D'entrerroches de la BRI, fait El Jai.

— Voici Dafroza Rwigyema et Anton Tuemouche, continue le colonel.

Hochements de tête de part et d'autre.

— Vous êtes le D'entrerroches de l'affaire du Corse ? fait le type immense aux cheveux gris métallique.

D'entrerroches fait une grimace qui veut dire peut-être bien que oui.

— Là-bas, ce sont le capitaine Goldberg et le

lieutenant Floc'h, reprend El Jai en montrant ses subordonnés.

Goldberg fait un petit salut de la main étrange.

— Et lui, c'est le Goldberg qui a essayé de coincer Maxence Stroobants ? fait encore le type aux cheveux gris.

— C'était un de vos camarades de jeu, Stroobants, peut-être ? siffle D'entrerroches.

— Disons que dans un certain milieu, tout le monde connaissait Stroobants et Blaskó.

Et soudain, il secoue la tête, fasciné. Ou alors moqueur parce qu'il vient de rassembler les morceaux d'un putain de puzzle.

— Et vous deux et eux deux, vous étiez sur le flag' de la Porte-de-la-Chapelle, le braco du cheik Machinchose qui s'est terminé en carnage, hein ? Eh ben dites donc, on a affaire à la fine fleur du quai des Orfèvres…

Il se marre doucement, content de lui.

— Vous êtes extrêmement bien renseigné, on dirait, réplique D'entrerroches qui déteste déjà la tronche de ce type et son sourire narquois.

— C'est mon boulot.

— Et c'est quoi au juste votre boulot ? fait El Jai.

— D'être bien renseigné, justement !

Le type continue à se marrer. On dirait qu'il se fout de tout et de tout le monde. D'entrerroches voit apparaître une cigarette au bout de ses doigts. Connard de magicien, songe le flic sans rien laisser paraître.

— Bon, on n'est pas là pour comparer nos CV respectifs, intervient le colonel Dante. Nous, on piste Gatama et, cette nuit, on nous apprend qu'il s'est fait tirer dessus.

Il semble jeter un coup d'œil pour la première fois à la carcasse de l'Audi A6 en contrebas de la route.

— Il est dedans ?

— Non, il s'en est tiré, dit El Jai.

— Comment savez-vous qu'il était dedans ? fait alors la femme noire, très mince, au regard étrangement méfiant.

— Et vous, madame, c'est quoi votre boulot ? répète El Jai qui sent qu'on ne traite pas d'égal à égal – depuis l'affaire de la Porte-de-la-Chapelle, elle sait qu'elle est sous-employée.

— Je vous l'ai dit, capitaine, coupe Dante, je mène une enquête sur François Gatama. Une enquête sous la double casquette du ministère de la Défense et du ministère de l'Intérieur. C'est la juge Hidalgo du pôle Génocide du TGI de Paris qui l'instruit et…

— Qu'est-ce que c'est que ces conneries, colonel ? fait El Jai, ses yeux noirs fixés sur le militaire. Qu'est-ce que viennent foutre le pôle Génocide et l'Intérieur dans l'affaire Gatama ? Et pourquoi on n'était pas au courant qu'une autre enquête était en cours sur Gatama ?

— Vos chefs sont au courant, capitaine, dit doucement Dante.

Ça, El Jai l'encaisse comme une nouvelle gifle à son amour-propre. Encore une fois, on la prend pour une sous-fifre, elle qui devrait être à la tête de la BRI. Disons-le simplement : on la prend pour une conne.

— On n'a rien à vous dire sur le cas Gatama, balance-t-elle alors en faisant signe à D'entrerroches de la suivre.

Celui-ci adresse un petit signe de tête au gendarme et s'éloigne.

— OK, vous l'aurez voulu ! crie Dante.

Alors, il se dirige vers le commandant de gendarmerie qui supervise le dispositif de sécurité. Il s'entretient quelques instants avec lui, montre par deux fois les quatre flics et retourne vers la C8.

Le commandant de gendarmerie rejoint la 607 de la BRI avec l'air d'un gosse pris en faute.

— Heu… capitaine, nous devons faire évacuer de la scène de crime tous les personnels qui ne sont pas impérativement nécessaires au prélèvement des indices. Ordre du colonel.

— L'enfoiré ! grogne D'entrerroches.

El Jai lève son majeur en direction du colonel Dante. Celui-ci la regarde impassible, droit comme s'il était au garde-à-vous.

— On se casse, fait-elle en s'asseyant dans la voiture.

Ses hommes la rejoignent.

— C'est qui ces types, bordel ? fulmine D'entrerroches en prenant le volant.

— Et qu'est-ce qu'a bien pu faire François Gatama pour avoir ces mecs au cul ? fait Goldberg.

El Jai a un rire nerveux.

— À mon avis, il règle des comptes avec la France, le boxeur rwandais…

~

François Gatama perd beaucoup de sang. Mais, à travers les bois, il a repéré de la lumière, une maison devant laquelle sont stationnées deux voitures.

La villa est une grande bâtisse en pierre restaurée. Une avancée laisse voir l'intérieur à travers une large baie vitrée : un confortable salon dans lequel un homme et une femme âgés regardent la télévision. François Gatama se dit que ces retraités doivent avoir vécu une belle vie, qu'ils ne savent pas ce que c'est que souffrir. Il se demande si ses parents auraient pu connaître une vieillesse heureuse. Enfin, bon, il ne les a pas connus ou si peu qu'il ne s'en souvient pas.

Il réussit à ouvrir la portière d'une vieille Renault 19. Il a hésité un instant devant la Safrane, plus puissante, mais peut-être qu'il y a une alarme antivol, ou même un géolocalisateur.

Il fait sauter le neiman et brise la colonne de direction. La force qu'il y met lui ravive la douleur qui lui irradie le ventre. Pendant une longue minute, il ne peut plus respirer. Il se force à se concentrer. La douleur reflue un peu. Il réussit à pousser la voiture jusqu'à l'extérieur de la petite propriété. L'allée est en pente douce. Le sang poisse entièrement son pull et son blouson. Puis il se glisse derrière le volant et, en roue libre, il dévale la rue sur une cinquantaine de mètres. Ça suffira pour le bruit du moteur. Il connecte le fil du contacteur à celui de la batterie et lance la voiture en direction de Paris.

Avant d'entrer sur le périphérique, il se gare sur un petit parking désert.

Il éclaire le plafonnier et retire son blouson.

La tige en métal brille sous la faible lumière, sortant de son abdomen. Il serre les dents, la saisit à deux mains et d'un coup brusque la retire.

La douleur n'a rien à voir avec tous les coups qu'il a reçus dans sa vie d'avant. Rien à voir, elle est inhumaine. Son cœur s'emballe, sa bouche a le goût du sang. Il renfile son blouson, éteint le plafonnier, glisse le petit fusil-mitrailleur sous le siège passager, et s'évanouit.

Peut-être qu'il rêve à Kigali, aux massacres au gourdin et à la machette, aux femmes et aux enfants qu'il a vus mourir. Peut-être qu'il rêve au commissaire Télesphore Ndahimana lui expliquant qu'il faut remonter sa garde. Peut-être qu'il rêve à l'ancien commissaire et aussi à Sylvère Seromba et à Marie-Ange Kagabo lorsqu'ils se sont aperçus qu'ils allaient mourir, délestés petit à petit de chacun de leurs membres sous les assauts de la meuleuse. Peut-être qu'il rêve à Dafroza comprenant que c'est lui qui a vengé les leurs, tous les Tutsis massacrés au gourdin et à la machette par Ndahimana, Seromba, Marie-Ange Kagabo, Ferdinand Mugesera, Casimir Nsegiyumya, Marcel Bizamungu et Boniface Nzabimana et tous les autres.

Il se réveille, fiévreux et le ventre extrêmement douloureux.

Le jour s'est levé et quelques voitures sont garées autour de la sienne.

Il regarde sa montre. Il a dormi au moins huit heures.

— Il faut que je disparaisse, dit-il à voix haute comme pour mieux se convaincre.

Il ne sait pas comment faire. Depuis qu'il a échappé aux massacres, plus de vingt ans auparavant, c'est peut-être la première fois qu'il ne sait pas comment faire. Il ouvre la boîte à gants et fouille malhabilement, il en tire une boîte de paracétamol. Les vieux ont toujours des médicaments à portée de main. Il prend quatre cachets qu'il a du mal à avaler tant sa bouche est desséchée.

La douleur, c'est dans la tête, se répète-t-il en démarrant la voiture.

D'un petit dérapage qui fait sauter du gravier, il quitte le parking et bientôt s'engage sur le périphérique.

Alors qu'il patiente dans le trafic presque à l'arrêt, après la porte d'Orléans, François Gatama se souvient de Kigali. Les rêves lui reviennent. Pour la première fois, il a l'étrange sensation qu'il accepte son passé. Un passé que les gens, les Occidentaux surtout, ont peut-être déjà oublié. Il regarde les immeubles tristes et crasseux. Les massacres et les morts de ces cent jours, qui y pense encore aujourd'hui à Paris ?

~

Elle lit à voix haute :

— *Igitero.*

Igitero a été gravé sur une plaque de bois, déposée à l'entrée du champ.

Dafroza Rwigyema avance de quelques pas et s'accroupit devant une tête aux yeux grands ouverts.

— Lui, c'est Sylvère Seromba. C'était un des voisins de ma mère à Gikondo, juste avant les massacres. Il était surtout inspecteur de police sous les ordres de…

Elle se relève et parcourt encore quelques mètres en enjambant un avant-bras et un pied, se baisse à nouveau, retourne délicatement une tête en se servant d'une petite branche. Les yeux ouverts laissent voir un léger strabisme divergent.

— Sous les ordres du commissaire Télesphore Ndahimana, reprend-elle avec un étrange petit sourire.

Le colonel Dante est debout derrière elle. Il fait la grimace. Le bruit dans sa tête est revenu depuis quelques jours. Des acouphènes, rien de grave.

— Et elle ? fait-il en pointant le halo de sa lampe-torche sur la tête d'une femme d'une cinquantaine d'années.

Il fait nuit mais les lampes des deux gendarmes qui ont mené le colonel Dante et cette belle femme noire dans un champ au-dessus du Chambon-sur-Lignon donnent suffisamment de lumière à la scène pour que Dante voie les larmes couler sur les joues de Dafroza Rwigyema. Ça fait deux petits sillons étincelants sur la peau noire.

— Toi aussi, tu as fini par payer, murmure Dafroza dans un léger sanglot.

Elle renifle, se redresse. Elle est toujours aussi belle et charismatique, se dit Dante.

— C'est Marie-Ange Kagabo. Elle tenait le « Aux Madames » à Rwumba pendant le génocide, et après aussi.

— Gatama les a eus, dit Dante en grimaçant toujours.

Dafroza Rwigyema ne répond pas.

— On peut rentrer à Paris ? fait-elle seulement.

Les deux gendarmes balayent le pré du faisceau de leur lampe. Ils semblent stupéfaits que, même ici, loin des grandes villes, une telle brutalité ait été à l'œuvre.

— Il y a des loups dans le coin ? fait Dante d'une voix étrange.

Les deux gendarmes échangent un regard indécis : aucun animal n'est capable de faire ce qu'ils ont devant les yeux.

— Oui, il doit y avoir quelques spécimens en Haute-Loire, répond l'un des militaires, le plus âgé des deux.

Il semble réfléchir un instant.

— Mais selon l'ONCFS, il ne peut s'agir que d'individus isolés qui ont traversé la vallée du Rhône depuis les Alpes.

Dante et Dafroza saluent les gendarmes et remontent dans leur voiture.

Lorsque la 607 Peugeot s'éloigne du Chambon-sur-Lignon, une pluie dense se met à tomber.

— J'espère que les mecs de l'IRCGN ont bien fait leur boulot, dit Dante. Parce que avec ce temps, la scène de crime va être parfaitement saccagée. Il ne va rester aucun indice, aucune trace.

— Ce n'est pas grave…

— Quoi ?

— Les scènes de crime même lorsqu'elles disparaissent n'empêchent pas les criminels de payer.

Dante laisse passer quelques secondes de silence.

— Vous dites ça parce que Gatama a fait œuvre de justice, selon vous ?

— Je ne sais pas si c'est la justice mais en tout cas, ces gens ont payé.

— Merde, Dafroza, vous ne pouvez pas croire ça…

La jeune femme sourit.

— C'est pourtant l'évidence, non ?

Dante baisse le son de l'autoradio.

— *Gacaca* en kinyarwanda, c'est l'herbe, reprend Dafroza en appuyant sa tête contre la vitre. En fait, c'est l'herbe sur laquelle se tiennent traditionnellement les assemblées villageoises lorsque des contentieux opposent des villageois.

Elle ferme les yeux.

— En 2001, les juridictions *gacaca* ont été chargées de régler les contentieux liés au génocide. Les juges, les *inyangamugayos* – ça veut dire les intègres – étaient élus par la population. Ils étaient aussi les témoins des massacres puisque la plupart étaient des survivants. Les *gacacas* étaient présents dans toutes les localités des collines ou des quartiers.

Elle conserve les yeux clos comme si elle essayait de se souvenir. Dante jette des coups d'œil sur son beau visage fatigué.

— En juin 2012, ce processus judiciaire, qui ne s'est vu nulle part ailleurs, a été officiellement arrêté. On dit que ce sont deux millions de dossiers qui sont passés entre les mains des *inyangamugayos*. Je ne suis pas certaine que justice ait été faite au Rwanda. Il se peut que François Gatama n'en ait pas été persuadé lui non plus. Voilà ce que je crois, colonel.

Dante n'a rien à répondre. Lui aussi, il se souvient des cadavres empilés sur les trottoirs de Kigali. Il se souvient aussi des soldats de la garde présidentielle et des miliciens Interahamwes qui riaient. Alors, il se dit qu'il roulera encore quelques heures et qu'il s'arrêtera sans doute dans un hôtel dans les environs de Bourges. Il se sent las, très las.

~

La nuit est chaude. Il est presque vingt-deux heures mais il y a encore beaucoup de passants sur les trottoirs.

La Citroën C4 de location se gare à l'intersection de la rue des Pyrénées et de la rue des Orteaux, juste en face de L'Aubisque, un bar-tabac au rez-de-chaussée d'un immeuble. Au 2e étage du bâtiment, c'est là que vit Dafroza Rwigyema. Les fenêtres toutes sombres indiquent qu'elle n'est pas rentrée chez elle. Et pour cause, elle a accompagné le colonel Dante en Auvergne où trois cadavres ont été découverts dans un pré. Trois cadavres de Noirs. Trois cadavres démembrés. Tue-mouche a décliné l'invitation de Dante, il sait très bien à qui appartiennent ces membres. Dafroza, elle, pourra officiellement les identifier.

Anton Tue-mouche sait que Dafroza vit seule. Au moindre mouvement dans l'appartement, il passera à l'action.

Lorsqu'il a vidé deux chargeurs de Kalachnikov AK 47 et lancé une grenade sur l'Audi A6, il croyait avoir rempli sa mission. Celle confiée par ses chefs de la DGSI mais surtout celle qu'il s'était confiée – la protection de Dafroza. Lorsqu'il est retourné sur les lieux de son crime, en compagnie de Dafroza et du colonel Dante, il a dû faire un violent effort de concentration pour ne pas hurler lorsque les flics de la BRI ont déclaré que François Gatama s'était tiré de l'embuscade.

Putain ! Je vieillis mal. Quelques années auparavant, il n'aurait pas raté sa cible aussi bêtement. Mais il s'était calmé. Seuls Dafroza et lui savaient que Gatama allait essayer de trouver de l'aide. Et sa seule aide était son ancienne petite amie. Anton Tue-mouche s'est promis de ne rien laisser au hasard cette fois-ci.

Bien sûr, il doit reconnaître que Gatama fait ce qu'un homme, un vrai, doit faire : solder ses comptes même si ceux-ci remontent à vingt-cinq ans. Il a toujours pensé que parfois les individus doivent se substituer à la justice lorsque celle-ci est défaillante. Lui-même, il a tué de nombreux Hutus après le génocide. Pas par vengeance, seulement pour que la haine de Dafroza soit rassasiée et que la jeune fille ne passe pas, elle, à l'acte.

Aujourd'hui, à Paris, en 2015, Dafroza Rwigyema

risque, d'une certaine manière, de passer à l'acte. Elle va aider l'ancien boxeur, il le sait aussi. Elle va l'aider et se faire prendre. Par Dante ou par la juge Hidalgo, par les flics de la BRI ou même ses collègues de la DGSI. Il ne peut la laisser se faire prendre. Dafroza a survécu à tant de douleurs, et elle souffre encore énormément, qu'il n'a pu se résoudre à alerter ses chefs de la forte probabilité que Gatama reprenne contact avec elle.

Il va tuer Gatama et lui-même disparaîtra à jamais. Comme il a déjà disparu auparavant. Il disparaîtra parce que Dafroza ne lui pardonnera jamais.

À la radio, on entend « Walk On the Wild Side » de Lou Reed. Tue-mouche fait doo, doo, doo, doo, doo, doo, doo. Il baisse sa vitre pour faire entrer un peu d'air frais dans l'habitacle et d'un tour de magie qui ne fait même plus rire les enfants, il fait apparaître une cigarette au bout de ses doigts.

Des gens, attablés sur la terrasse de L'Aubisque, rient et parlent fort.

Il passe sa main dans ses cheveux argentés, il transpire et se sent un peu nerveux. Étrangement nerveux. Il a l'impression que son instinct de survie essaye de lui dire quelque chose. Il pose la main sur son semi-automatique MAS 9 mm.

La seconde suivante, il sent le contact froid d'un silencieux juste en dessous de son oreille gauche.

Il éclate de rire.

C'est donc comme ça que tout va finir ?

L'instant d'après il meurt.

SIXIÈME PARTIE

> Ils étaient des milliers. Des milliers d'absents. Une population entière. Une portée de petits êtres égarés avant même d'avoir eu le temps de vivre. Bon nombre d'entre eux étaient sans doute morts à l'heure actuelle. Quelques-uns, j'en étais certain, avaient été retrouvés, toujours dans un état plus terrible qu'avant leur disparition. Les autres dérivaient, flottant à travers notre paysage comme un cirque ambulant, traversant le cœur de nos villes comme des bips sur un moniteur, dormant sur la pierre, les plaques d'égout ou les matelas mis au rebut, les joues creuses et le teint cireux, les yeux vides et les cheveux infestés de poux.
>
> PATRICK KENZIE
> dans *Gone Baby Gone* de Dennis Lehane

Elle descend à la station Porte-de-Montreuil.

Sous la pluie battante, il ne lui faut que quelques minutes pour remonter le boulevard Davout et rejoindre la rue des Orteaux.

Les Parisiens ont déjà rallié leurs lieux de travail, les commerces et les cafés sont ouverts mais presque vides. Dafroza Rwigyema apprécie le vingtième arrondissement, le matin. Il pleut. Personne ne prend son café en terrasse de L'Aubisque, les tables et les chaises n'ont même pas été sorties.

De l'autre côté de la rue, une pervenche cogne sur la vitre d'un conducteur visiblement endormi au volant d'une Citroën C4 garée le long du trottoir. Dafroza pousse la porte de son immeuble.

Elle entre dans son appartement comme son téléphone portable sonne.

— Excusez-moi, Dafroza, c'est encore moi, fait le colonel Dante. Vous dormiez peut-être…

— Je viens d'arriver chez moi, dit-elle en retirant ses bottes.

Elle ouvre les rideaux du salon et voit immédiatement l'homme assis dans un des deux fauteuils.

François Gatama la fixe. Son front est luisant de sueur et son ventre est recouvert d'un pansement mal confectionné et imbibé de sang.

— Tant mieux. Je serai bref. Les gendarmes du Chambon-sur-Lignon ont trouvé un carnet dans une poche de la veste de Télesphore Ndahimana.

— Et ? fait Dafroza en s'approchant de Gatama.

Elle pose sa main sur son genou comme on caresse une bête apeurée et, son téléphone coincé entre son épaule et sa mâchoire, soulève délicatement le pansement.

Gatama serre les dents de douleur. Ses yeux roulent sur eux-mêmes.

— Il se trouve que ce carnet était une sorte de journal intime.

— Et ?

Elle se lève pour aller à la salle de bains, chercher

sa trousse de premiers secours, mais Gatama la retient par la main. Il secoue lentement la tête.

— Vous saviez que ce type était le père de François Gatama ? lâche Dante.

Dafroza fixe Gatama. Sa bouche reste entrouverte quelques secondes. Elle ne peut plus déglutir.

— Je vous rappelle un peu plus tard, colonel.

Elle raccroche.

— Il faut que tu ailles à l'hôpital, François.

Gatama a un petit rire.

Une sirène de police retentit dans la rue. Dafroza se lève brusquement et par la fenêtre, elle voit des policiers en uniforme entourer la Citroën C4. Le corps d'un homme pend par la portière ouverte. Apparemment le conducteur ne dormait pas.

La pluie a cessé mais le ciel est gris, très sombre.

Un VSL de pompier se gare juste à la hauteur du véhicule. Le gyrophare baigne la rue d'une lumière étrange.

Dafroza aperçoit alors les cheveux gris métalliques du cadavre.

— Monstre…, lâche-t-elle en portant les mains à sa bouche.

— Tu connaissais ce mec, Daf ?

Elle se retourne vers lui et ses mains tombent le long de son corps comme si elles étaient soudainement devenues si lourdes qu'elle ne pouvait plus les porter.

— C'est toi qui l'as tué ?

Gatama a un sourire qui lui tire une grimace de douleur.

— Il a tué un ami à moi et il a essayé de me tuer, la nuit dernière.

Dafroza doit s'asseoir sur le deuxième fauteuil. Là ce sont ses jambes qui ne la portent plus.

— Il… il a essayé de te tuer ? C'est lui qui a tiré sur ta voiture ?

Gatama hoche la tête.

— C'est bien chez toi, dit-il en tentant de se relever dans le fauteuil – il y renonce.

— Et c'est toi qui as tué Marie-Ange et tous les autres ?

— Eux, ils ont tué tous mes amis et ils ont essayé de me tuer. Et de te tuer. Il fallait bien qu'ils payent, non ? Tu n'es pas d'accord, Daf ?

Elle ne sait pas répondre à ça. Un jour, elle a dit à sa psychanalyste qu'elle était persuadée que certaines questions n'avaient pas de réponse et qu'il fallait s'y résoudre. Sa psychanalyste n'était pas d'accord. Dafroza l'a arrêtée d'un geste de la main. Je sais d'où je viens, a-t-elle dit.

— Je sais d'où l'on vient, François.

Ses yeux se plongent dans les siens.

Elle se souvient de comment meurt quelqu'un qui n'aura pas de secours, d'aucun médecin, d'aucun guérisseur. Elle se souvient qu'à Rwumba à l'été 1994 une des pensionnaires du « Aux Madames » s'était fait rouer de coups par trois Interahamwes ivres. Une fois inconsciente, ils l'avaient violée et violée encore. Marie-Ange Kagabo avait refusé de demander aux Français l'aide de l'un de leur médecin militaire. Tous les médecins rwandais avaient fui ou étaient morts. Alors, Dafroza l'avait veillée jusqu'à ce qu'elle meure. La très jeune fille s'était étouffée dans un demi-sommeil, assommée par l'alcool et l'éther.

Elle va veiller sur François jusqu'à ce qu'il meure.

— Tu as quelque chose à boire ? fait Gatama en prenant une cigarette dans l'une des poches de son blouson.

— Je vais t'enlever ça, dit Dafroza en l'aidant à retirer son blouson.

Gatama a un cri rauque et retombe dans le fond du fauteuil.

— Je te sers un whisky.

— Donne-moi la bouteille.

Il boit une longue rasade au goulot, de l'alcool coule sur son menton et sur sa gorge. Il coince la bouteille sous son bras et d'une main tremblante, il allume sa cigarette. De l'autre, il tient un petit pistolet-mitrailleur sur le canon duquel est vissé un silencieux.

— J'aurais aimé boxer encore quelques combats. Quatre ou cinq années de plus, je crois. Mais tu sais ce que l'on dit ? Un boxeur a un nombre de combats sur son tableau d'honneur, avant même de naître. Des combats qu'il gagnera, des combats nuls et même des combats qu'il perdra mais avec panache.

Il s'envoie une nouvelle gorgée de whisky, tire une longue taffe sur la cigarette. Il fronce les sourcils.

— En réalité, la plupart des boxeurs disposent de très peu de combats. Certains ont quelques années devant eux lorsqu'ils commencent. Une minorité peut compter sur une dizaine d'années. Ceux-là remporteront des titres, deviendront des légendes.

J'aurais aimé faire partie de cette catégorie. J'aurais pu, tu sais.

Dafroza dit oui d'un léger mouvement de tête. Elle se lève et retourne devant la fenêtre qui donne sur la rue.

Le corps d'Anton Tue-mouche a été enlevé par les pompiers. Elle l'a laissé partir sans lui dire adieu. Le Monstre qui l'a sauvée, qui a tué tant de gens pour elle, est mort, abattu comme un chien. Abattu par l'homme qui est en train de mourir devant elle, son ancien amant, l'amour de ses dix-sept ans, celui qui a aussi tué pour elle. Les hommes ont décidément beaucoup tué pour elle, songe-t-elle.

En bas, autour de la Citroën, des flics en uniforme semblent s'ennuyer à disperser les curieux. Un peu à l'écart, elle aperçoit les quatre officiers de la BRI qui observent la scène. La capitaine El Jai et le capitaine D'entrerroches semblent discuter à bâtons rompus. Et puis, ils lèvent les yeux, sans trouver l'appartement du regard.

Elle s'écarte de la fenêtre et tire les rideaux.

— Mais lorsque je me suis fait descendre par N'Goti à Poissy, j'ai compris que mon capital était épuisé. Peut-être que si j'avais continué la boxe, je n'aurais pas retrouvé Marie-Ange Kagabo, Ndahimana et tous les autres.

— Pourquoi les as-tu tués de cette manière ?

— Parce qu'ils ne méritaient pas une mort douce ou rapide.

Dafroza secoue légèrement la tête.

Gatama s'étouffe en tirant une nouvelle bouffée de fumée. Il tousse comme un vieillard.

— Et puis, peut-être que les autres ont su et qu'ils ont eu peur.

— Qu'est-ce que tu racontes, François ?

Il rit, les yeux fixés sur une reproduction de l'affiche du concert de Miriam Makeba au Palais du Peuple de Conakry de 1971.

— Je voulais peut-être leur faire peur, aux Hutus qui sont passés au travers du filet de la justice. La justice… Combien de responsables ont vraiment été condamnés, hein, Daf ?

Dans un effort qui lui paraît surhumain, il tourne la tête pour apercevoir, sur le mur derrière lui, l'affiche originale du combat de Foreman et Ali à Kinshasa en 1974. Son sourire se voudrait admiratif devant une telle relique mais son sourire trahit surtout la douleur qui embrase tout son corps.

Dafroza regarde elle aussi l'affiche.

— C'est pour toi que j'ai ça, dit-elle. Moi, la boxe, ça n'a jamais été mon truc. Sauf quand tu boxais à Kigali. Et encore, j'avais peur que tu te fasses mal.

— *Un cadeau du président Mobutu au peuple zaïrois et un honneur pour l'homme noir*, lit Gatama d'une voix tremblotante et ironique.

Il se replace doucement dans son fauteuil.

— Le commissaire Ndahimana a assisté à ce combat. Il m'a raconté ça quand ils m'ont emprisonné à Kigali. Il m'a même dit qu'il y était avec une des nôtres.

Le regard de Dafroza passe de l'affiche au visage dégoulinant de sueur de Gatama.

— Une Tutsie ?

— Oui, sa petite amie de l'époque était une Tutsie. Ce porc n'avait aucune honte.

Dafroza contient ses larmes, sa bouche est entrouverte. Elle se lève et, finalement, va chercher sa trousse de secours dans la salle de bains.

— Qu'est-ce qu'il y a, Daf ? fait Gatama d'une voix éraillée. Tu la connaissais cette Tutsie ?

Elle ne répond pas, fouille dans une petite armoire à la recherche de rien du tout.

— C'était qui ? parvient à crier Gatama.

Dafroza Rwigyema se regarde dans la glace au-dessus du lavabo. Elle sait qu'elle ne pourra soutenir le regard de François sans lui avouer qu'il y a de fortes chances que cette Tutsie fût sa mère. Et que, par conséquent, Télesphore Ndahimana fût son père.

Elle voudrait que cet instant ne se termine jamais.

Un bruit formidable y met pourtant fin.

La porte d'entrée cède sous un coup sourd.

— Police ! crie une voix.

Dafroza se précipite. Les quatre flics de la BRI ont fait irruption dans son salon.

Une rafale dont le bruit est atténué par un silencieux troue la paroi qui sépare la salle principale de la petite entrée. Du plâtre vole dans les airs.

Dafroza, D'entrerroches et Floc'h se laissent tomber au sol en même temps.

Goldberg et El Jai font feu.

C'est le tir de la capitaine Samira El Jai qui touche Gatama à la base du crâne.

— Non, non, non, murmure Dafroza. Pas comme ça…

Goldberg rampe vers elle et lui passe les menottes. Il a un air inquiet, et aussi un peu désolé.

Sur la table basse, François Gatama gît dans son sang. Il a survécu vingt-deux ans au génocide, songe Dafroza en se relevant, soutenue par D'entrerroches. Ça lui paraît incroyable.

Le colonel Dante apparaît alors dans la pièce. Il tient un pistolet à la main, le long de sa jambe.

— Relâchez-la, capitaine, hurle-t-il à D'entrerroches.

Celui-ci jette un coup d'œil rapide à El Jai qui acquiesce d'un signe de tête, et il retire les menottes.

Des flics en uniforme entrent à leur tour dans l'appartement. Trop de monde, trop d'armes.

Dante et Dafroza s'approchent alors du corps de François Gatama.

Goldberg tient délicatement à deux doigts le pistolet-mitrailleur équipé d'un réducteur de son.

— MP7 de chez Heckler & Koch, déclare-t-il d'une grimace de connaisseur. On a eu de la chance.

— Je suis désolé, Dafroza, dit Dante en rengainant son arme.

Dafroza Rwigyema se fiche des excuses du gendarme. Elle observe l'affiche du combat de boxe Foreman-Ali sur le mur avec un regard étrange.

Une balle du pistolet-mitrailleur a transpercé Muhammad Ali en haut du cou.

À l'endroit où François Gatama a lui aussi été touché.

~

La juge Hidalgo a été claire :

— François Gatama était un braqueur qui, grâce à l'argent de ses crimes, poursuivait une mission du gouvernement rwandais.

Les muscles du colonel Dante roulent sous ses joues, ses mâchoires sont serrées. C'est comme ça que les militaires avalent des couleuvres, se dit-elle. Elle sait ce qu'il a vécu au Rwanda en 1994. D'une certaine manière, on lui demande de mentir sur ce qu'il a vu là-bas.

C'est encore pire pour Dafroza Rwigyema, évidemment.

— Sa mission était d'exécuter des génocidaires hutus, possiblement opposants au régime.

Les capitaines El Jai et D'entrerroches l'écoutent tranquillement. Ils savent ce que c'est, la hiérarchie qui transmet les ordres officiels d'une plus haute hiérarchie. Eux, ils s'en sont bien sortis : la neutralisation de Gatama a été considérée comme une belle réussite par la direction de la police. La capitaine El Jai est désormais chef de la BRI.

— Ce n'est pas la vérité, s'emporte tout de même Dafroza Rwigyema. Vous le savez que ce n'est pas la vérité. François n'était aux ordres de personne.

Dante reste silencieux. Une grimace de dégoût se dessine sur son visage mais ça n'ira pas plus loin. Lui est aux ordres.

Justine Hidalgo déplie *Le Parisien* devant elle. Son visage est impassible.

— Voilà la thèse officielle.

Sur la première page du journal, le portrait de François Gatama. Et au-dessus, un titre :

Un agent du gouvernement rwandais exécute des opposants au régime Kagame.

Dafroza Rwigyema prend le journal un instant, le tend au colonel Dante qui le refuse d'un petit signe de tête.

— Vous avez tous fait du bon travail, dit la juge.

Elle réfléchit un instant.

— On m'a dit de vous dire ça.

El Jai et D'entrerroches ont le même petit sourire cynique.

— On peut disposer, madame la juge ? fait El Jai.

— Oui, capitaine. Merci de votre aide.

Les deux flics sortent du bureau.

— Vous savez qu'on va sans doute juger le père Wenceslas Munyeshyaka, le vicaire de la paroisse de la Sainte-Famille ? fait Hidalgo d'une voix morne.

Dafroza Rwigyema regarde la magistrate. Son regard est moins sévère, une tristesse lasse s'en dégage.

— Je me demande si je ne m'en fiche pas..., lâche la Rwandaise en se levant.

Hidalgo a peut-être envie de lui dire qu'elle aussi s'en fiche, qu'elle commence à être écœurée de cette justice qui va et vient au gré des nécessités politiques, qu'elle croyait que la recherche de la vérité après un génocide était une cause qui transcendait la raison d'État. Elle y croyait jusqu'à il y a peu. Désormais, elle se demande si l'histoire officielle n'est pas en train de faire œuvre révisionniste. Ou quelque chose comme ça. Mais elle se tait. En cet instant, elle a envie d'être avec son mari et ses deux fils, d'oublier un peu l'horreur.

Le colonel Dante et Dafroza Rwigyema lui adressent un léger signe de tête et ils sortent ensemble de son bureau.

Peut-être qu'elle va réfléchir à la proposition de Marc Dumouriez, quitter le pôle Génocide et la magistrature pour devenir journaliste.

Ou peut-être que demain ça ira mieux et qu'elle rouvrira ses dossiers concernant des génocidaires en fuite.

Tout est possible.

~

Il est un peu plus de dix-neuf heures à Nairobi.

Chrysostome Ntirugiribambe se rend au marché de Tana-Zimmerman où il a l'habitude de faire ses courses chaque soir. Il salue de la main certains commerçants. On le connaît ici, on dit qu'il est un ancien enquêteur du Tribunal pénal international pour le Rwanda d'Arusha. Quelqu'un d'important en fait. On dit aussi qu'avant il était officier dans les Forces armées rwandaises et qu'il a dû fuir le Rwanda lorsque Paul Kagame et le FPR ont chassé les Hutus qui assassinaient les Tutsis par centaines de milliers. On dit tout ça, on dit surtout qu'il est très poli et que si tous les clients étaient comme lui, le travail serait plus agréable.

Ce soir-là, Chrysostome Ntirugiribambe gare sa voiture non loin du marché. Il est serein. Malgré son exil au Kenya. Malgré les agissements des services secrets rwandais qui n'hésitent pas à enlever ou tuer des opposants au régime en place à Kigali.

Et bien qu'il se sache évidemment dans le collimateur des hommes du président Kagame.

Ntirugiribambe, l'ancien enquêteur auprès du TPI, a tiré la sonnette d'alarme à maintes reprises. Selon lui, le président rwandais et ses hommes liges sont responsables, eux aussi, des tueries de 1994 et ils doivent répondre de leurs crimes. Une théorie qui ne plaît guère au pouvoir en place à Kigali. Il risque sa peau, même ici à Nairobi. Et il n'est pas le seul. Il est désormais persuadé qu'Émile Gafirita est mort. Gafirita était l'un des témoins de l'attentat contre l'avion du président Juvénal Habyarimana, le 6 avril 1994. Il a été enlevé par des hommes parce qu'il n'avait pas reçu de protection nécessaire. Le juge français Trévidic lui avait simplement accordé l'anonymat. L'anonymat n'a donc pas suffi.

Quelques jours auparavant, Ntirugiribambe a appris l'arrestation à l'aéroport de Londres-Heathrow de Karenzi Karake. *KK* est actuellement le chef des renseignements rwandais mais, en 1994 et les années suivantes, il était l'un des dirigeants du FPR. Il est sous le coup d'un mandat d'arrêt européen et d'un mandat international, délivrés par l'Espagne, et dont les chefs d'accusation sont « participation à une organisation terroriste », « actes terroristes », « crimes de guerre », « crimes contre l'humanité », *et* « génocide ». On l'accuse du massacre de dizaines de milliers de Hutus en République démocratique du Congo, après que la rébellion tutsie a pris le pouvoir et chassé les génocidaires hutus du Rwanda. Chrysostome Ntirugiribambe et d'autres enquêteurs du TPI ont réuni beaucoup de preuves des crimes de la vengeance des Tutsis.

Toutes ces pensées se percutent dans son esprit lorsqu'il aperçoit trois hommes qui sortent d'un 4 × 4 noir et s'avancent vers lui. Avant qu'il n'ait pu s'enfuir, les trois hommes le saisissent et l'entraînent vers leur véhicule. Ntirugiribambe crie, appelle au secours. S'il monte dans la voiture, il va mourir, il en est certain. Alors il se débat, il demande de l'aide.

Des passants et des commerçants tentent de s'interposer.

— Police ! Police ! Laissez-nous faire, lance l'un des hommes.

Ça ne satisfait pas la foule qui demande à voir les cartes officielles des trois hommes. Ceux-ci dégainent leurs pistolets et des coups de feu sont tirés en l'air. La foule recule, Chrysostome Ntirugiribambe est jeté dans le véhicule.

C'est donc comme ça que tout va finir, songe-t-il allongé au sol, sous les pieds de ses kidnappeurs.

LISTE DES PERSONNAGES

Les cancrelats à coups de machette est le dernier volume d'une trilogie couvrant les années 2013 à 2016 qui met en scène les années lors desquelles des attentats terroristes perpétrés par des islamistes radicaux ont ensanglanté la France.

600 coups par minute donne à voir la montée en puissance d'un terrorisme qui fourbit ses armes – et essaye de s'en procurer. Certains héros de *Le monde est notre patrie* sont directement confrontés aux attentats de *Charlie Hebdo* et du supermarché casher de Porte-de-Vincennes. On parle aussi des attentats du 13 novembre 2015 dans *Les cancrelats à coups de machette*.

La liste infra indique les précédentes apparitions de certains personnages de *Les cancrelats à coups de machette* (les autres personnages n'apparaissant que dans un seul volume de la trilogie ne sont pas référencés).

GRÉGOIRE D'ENTRERROCHES, officier à la BAC, puis à la BRI (Brigade de recherche et d'investigation de la police judiciaire), présent dans *600 coups par minute*, dans *Le monde est notre patrie* et dans *Les cancrelats à coups de machette.*

SAMIRA EL JAI, officier et chef de groupe à la BRI, présente dans *600 coups par minute*, dans *Le monde est notre patrie* et dans *Les cancrelats à coups de machette*.

MATTHIAS GOLDBERG, officier et chef de groupe à la BRI, présent dans *Le monde est notre patrie* et dans *Les cancrelats à coups de machette*.

JULIA FLOC'H, officier à la BRI, présente dans *Le monde est notre patrie* et dans *Les cancrelats à coups de machette*.

PIERRE PÉCHEU, officier commandant la BRI, présent dans *600 coups par minute* et évoqué dans *Les cancrelats à coups de machette*.

MAXENCE STROOBANTS, mercenaire, présent dans *Le monde est notre patrie* et évoqué dans *Les cancrelats à coups de machette*.

LAZAR BLASKÓ, mercenaire, présent dans *Le monde est notre patrie* et évoqué dans *Les cancrelats à coups de machette*.

LIEUTENANT GUITON, gendarme commandant la brigade de Sens-de-Bretagne, présent dans *Le monde est notre patrie* et dans *Les cancrelats à coups de machette*.

MARYLINE, petite amie de Grégoire d'Entrerroches, présente dans *600 coups par minute* et évoquée dans *Les cancrelats à coups de machette*.

DU MÊME AUTEUR

Aux Éditions Agullo

NUL ENNEMI COMME UN FRÈRE, 2024.

LA NUIT TOMBÉE SUR NOS ÂMES, 2021, Folio Policier n° 981.

LA FABRIQUE DE LA TERREUR, 2020, Folio Policier n° 949.

PRÉMICES DE LA CHUTE, 2019, Folio Policier n° 928.

LA GUERRE EST UNE RUSE, 2018, Folio Policier n° 905.

Aux Éditions Goater

LES CANCRELATS À COUPS DE MACHETTE, 2018, Folio Policier n° 1027.

LE MONDE EST NOTRE PATRIE, 2016.

600 COUPS PAR MINUTE, 2014.

LA GRANDE PEUR DU PETIT BLANC, 2013.

Aux Éditions Pascal Galodé

POUR UNE DENT, TOUTE LA GUEULE, 2012.

RAPPELEZ-VOUS CE QUI EST ARRIVÉ AUX DINOSAURES, 2011.

Chez d'autres éditeurs

LA PESTE SOIT DES MANGEURS DE VIANDE, La Manufacture de livres, 2017.

LES PENDUS DU VAL-SANS-RETOUR, Les Saturnales, 2012.

LA DIGNITÉ DES PSYCHOPATHES, Alphée, 2010. Réédition Goater, 2016.

LA GRANDE DÉGLINGUE, Les Perséides, 2009.

COLLECTION FOLIO POLICIER

Dernières parutions

847.	Massimo Carlotto	*La vérité de l'Alligator*
848.	Benoît Philippon	*Cabossé*
849.	Grégoire Courtois	*Les lois du ciel*
850.	Caryl Férey	*Condor*
851.	Antonio Manzini	*Maudit printemps*
852.	Jørn Lier Horst	*Fermé pour l'hiver*
853.	Sonja Delzongle	*Récidive*
854.	Noah Hawley	*Le bon père*
855.	Akimitsu Takagi	*Irezumi*
856.	Pierric Guittaut	*La fille de la Pluie*
857.	Marcus Sakey	*Les Brillants III En lettres de feu*
858.	Matilde Asensi	*Le retour du Caton*
859.	Chan Ho-kei	*Hong Kong Noir*
860.	Harry Crews	*Des savons pour la vie*
861.	Mons Kallentoft, Markus Lutteman	*Zack II Leon*
862.	Elsa Marpeau	*Black Blocs*
863.	Jo Nesbø	*Du sang sur la glace II Soleil de nuit*
864.	Brigitte Gauthier	*Personne ne le saura*
865.	Ingrid Astier	*Haute Voltige*
866.	Luca D'Andrea	*L'essence du mal*
867.	DOA	*Le cycle clandestin, tome II*
868.	Gunnar Staalesen	*Le vent l'emportera*
869.	Rebecca Lighieri	*Husbands*
870.	Patrick Delperdange	*Si tous les dieux nous abandonnent*
871.	Neely Tucker	*La voie des morts*
872.	Nan Aurousseau	*Des coccinelles dans des noyaux de cerise*

873. Thomas Bronnec — *En pays conquis*
874. Lawrence Block — *Le voleur qui comptait les cuillères*
875. Steven Price — *L'homme aux deux ombres*
876. Jean-Bernard Pouy — *Ma ZAD*
877. Antonio Manzini — *Un homme seul*
878. Jørn Lier Horst — *Les chiens de chasse*
879. Jérôme Leroy — *La Petite Gauloise*
880. Elsa Marpeau — *Les corps brisés*
881. Sonja Delzongle — *Boréal*
882. Patrick Pécherot — *Hével*
883. Attica Locke — *Pleasantville*
884. Harry Crews — *Car*
885. Caryl Férey — *Plus jamais seul*
886. Guy-Philippe Goldstein — *Sept jours avant la nuit*
887. Tonino Benacquista — *Quatre romans noirs*
888. Melba Escobar — *Le salon de beauté*
889. Noah Hawley — *Avant la chute*
890. Tom Piccirilli — *Les derniers mots*
891. Jo Nesbø — *La soif*
892. Dominique Manotti — *Racket*
893. Joe R. Lansdale — *Honky Tonk Samouraï*
894. Antoine Chainas — *Empire des chimères*
895. Jean-François Paillard — *Le Parisien*
896. Luca d'Andrea — *Au cœur de la folie*
897. Sonja Delzongle — *Le hameau des Purs*
898. Gunnar Staalesen — *Où les roses ne meurent jamais*
899. Mons Kallentoft, Markus Lutteman — *Bambi*
900. Kent Anderson — *Un soleil sans espoir*
901. Nick Stone — *Le verdict*
902. Lawrence Block — *Tue-moi*
903. Jørn Lier Horst — *L'usurpateur*
904. Paul Howarth — *Le diable dans la peau*
905. Frédéric Paulin — *La guerre est une ruse*
906. Paul Colize — *Un jour comme les autres*
907. Sébastien Gendron — *Révolution*
908. Chantal Pelletier — *Tirez sur le caviste*

909. Sonja Delzongle — *Cataractes*
910. Elsa Marpeau — *Son autre mort*
911. Joe Ide — *Gangs of L.A.*
912. Francesco Dimitri — *Le livre des choses cachées*
913. Jo Nesbø — *Macbeth*
914. Dov Alfon — *Unité 8200*
915. Jérôme Leroy — *Un peu tard dans la saison*
916. Pasquale Ruju — *Une affaire comme les autres*
917. Jean-Bernard Pouy — *Trilogie spinoziste*
918. Abir Mukherjee — *L'attaque du Calcutta-Darjeeling*
919. Richard Morgiève — *Le Cherokee*
920. Antonio Manzini — *La course des hamsters*
921. Gunnar Staalesen — *Piège à loup*
922. Christian White — *Le mystère Sammy Went*
923. Yûko Yuzuki — *Le loup d'Hiroshima*
924. Caryl Férey — *Paz*
925. Vlad Eisinger — *Du rififi à Wall Street*
926. Parker Bilal — *La cité des chacals*
927. Emily Koch — *Il était une fois mon meurtre*
928. Frédéric Paulin — *Prémices de la chute*
929. Sonja Delzongle — *L'homme de la plaine du nord*
930. Sébastien Rutés — *Mictlán*
931. Thomas Cantaloube — *Requiem pour une République*
932. Danü Danquigny — *Les aigles endormis*
933. Sébastien Gendron — *Fin de siècle*
934. Jørn Lier Horst — *Le disparu de Larvik*
935. Laurent Guillaume — *Là où vivent les loups*
936. J. P. Smith — *Noyade*
937. Joe R. Lansdale — *Rusty Puppy*
938. Dror Mishani — *Une deux trois*
939. Deon Meyer — *La proie*
940. Jo Nesbø — *Le couteau*
941. Joe Ide — *Lucky*
942. William Gay — *Stoneburner*
943. Jacques Moulins — *Le réveil de la bête*
944. Abir Mukherjee — *Les princes de Sambalpur*
945. Didier Decoin — *Meurtre à l'anglaise*

946.	Charles Daubas	*Cherbourg*
947.	Chantal Pelletier	*Nos derniers festins*
948.	Richard Morgiève	*Cimetière d'étoiles*
949.	Frédéric Paulin	*La fabrique de la terreur*
950.	Tristan Saule	*Mathilde ne dit rien*
951.	Jørn Lier Horst	*Le code de Katharina*
952.	Robert de Laroche	*La Vestale de Venise*
953.	Mike Nicol	*L'Agence*
954.	Gianrico Carofiglio	*L'été froid*
955.	Sonja Delzongle	*Le dernier chant*
956.	Si-Woo Song	*Le jour du chien noir*
957.	Attica Locke	*Bluebird, Bluebird*
958.	Dolores Redondo	*La face nord du cœur*
959.	Olivier Barde-Cabuçon	*Le Cercle des rêveurs éveillés*
960.	Joe R. Lansdale	*Le sourire de Jackrabbit*
961.	Hervé Le Tellier	*La disparition de Perek*
962.	Antonio Manzini	*07.07.07.*
963.	August Cole – P. W. Singer	*La flotte fantôme*
964.	Paul Colize	*Toute la violence des hommes*
965.	Laurent Guillaume	*Un coin de ciel brûlait*
966.	Yûko Yuzuki	*L'œil du chien enragé*
967.	Jean-Bernard Pouy – Marc Villard	*La mère noire*
968.	Thomas Bronnec	*La meute*
969.	Chang Kuo-Li	*Le sniper, son wok et son fusil*
970.	Deon Meyer	*La femme au manteau bleu*
971.	Deon Meyer	*Jusqu'au dernier*
972.	Caroline De Mulder	*Manger Bambi*
973.	Elsa Marpeau	*L'âme du fusil*
974.	Tim Winton	*La cavale de Jaxie Clackton*
975.	Jacques Moulins	*Retour à Berlin*
976.	Jeon Gunwoo	*Les 4 enquêtrices de la supérette Gwangseon*
977.	Tristan Saule	*Chroniques de la place carrée II Héroïne*
978.	Jo Nesbø	*Leur domaine*
979.	Abir Mukherjee	*Avec la permission de Gandhi*

980.	Robert de Laroche	*Le maître des esprits*
981.	Frédéric Paulin	*La nuit tombée sur nos âmes*
982.	Gianrico Carofiglio	*Une vérité changeante*
983.	Sonja Delzongle	*Abîmes*
984.	Audrey Gloaguen	*SEMIA*
985.	Jérôme Leroy	*Les derniers jours des fauves*
986.	Sébastien Le Jean	*Minuit moins une*
987.	Jean-Bernard Pouy	*En attendant Dogo*
988.	Thomas Cantaloube	*Frakas*
989.	William Irish	*Le diamant orphelin*
990.	J. P. Smith	*La médium*
991.	Pierre Pelot	*Les jardins d'Éden*
992.	August Cole – P. W. Singer	*Control*
993.	Janice Hallett	*Le code Twyford*
994.	Attica Locke	*Au paradis je demeure*
995.	Chang Kuo-Li	*Le sniper, le président et la triade*
996.	Frederick Forsyth	*Les chiens de guerre*
997.	Hubert Maury – Marc Victor	*Des hommes sans nom*
998.	Jeff Lindsay	*Riley tente l'impossible*
999.	Paul Colize	*Un monde merveilleux*
1000.	DOA	*Rétiaire(s)*
1001.	Dror Mishani	*Une disparition inquiétante*
1002.	Thomas Bronnec	*Collapsus*
1003.	Deon Meyer	*Cupidité*
1004.	Gunnar Staalesen	*Grande sœur*
1005.	William R. Burnett	*Rien dans les manches*
1006.	Patrick Pécherot	*Pour tout bagage*
1007.	Jørn Lier Horst	*La chambre du fils*
1008.	Antonio Manzini	*Ombres et poussières*
1009.	Cyril Carrère	*Avant de sombrer*
1010.	Deon Meyer	*Les soldats de l'aube*
1011.	Antoine Chainas	*Bois-aux-Renards*
1012.	Abir Mukherjee	*Le soleil rouge de l'Assam*
1013.	John Brownlow	*L'agent Seventeen*
1014.	Clarence Pitz	*Meurs, mon ange*

Tous les papiers utilisés pour les ouvrages
des collections Folio sont certifiés
et proviennent de forêts gérées durablement.

Composition APS-ie
Impression Novoprint
à Barcelone, le 14 août 2024
Dépôt légal : août 2024

ISBN 978-2-07-304872-1 / Imprimé en Espagne.

619728